JN164560

耶馬溪紀行

田山花袋著
小杉未醒画

耶馬溪紀行

「耶馬溪紀行」改訂版の発行にあたって

大分県中津市と玖珠町にまたがる「耶馬溪」は奇岩と渓流が美しい景観をつくる渓谷です。人々は厳しい自然の中で岩や水と戦いながらも、豊かな自然の恵みをうけ、耶馬溪独特の文化をはぐくんできました。

十九世紀にこの地を訪れた頼山陽は、中国の山水画の世界が現実にあったと感動し、「耶馬溪図巻記」を描きあげました。頼山陽が当時「山国谷」と呼ばれていた地名の「山」に「耶馬」の文字をあて「耶馬溪山天下ニ無シ（耶馬溪ほどの絶景は天下に二つとない）」と詠んだことが「耶馬溪」地名の由来といわれています。「耶馬溪図巻記」は評判をよび、文人画人たちは競うように耶馬溪を訪れては絵を描き詩を詠みました。そして明治時代、中津出身で玖珠の郡長になった村上田長の新道開鑿事業により、中津と玖珠をつなぐ道が生まれ、絶景の地「深耶馬溪」が姿を現します。しかしその頃、「青の洞門」がある景勝地「競秀峰」の土地の一部が売りに出されたことを知った中津出身の福澤諭吉は、身銭を切って土地を買い上げ景観を守ったのです。さらに大正十二年（一九二三）、耶馬溪は国の名勝に指定され、文化財として保護されることとなりました。

今私たちが耶馬溪観光を楽しめるのも、長い長い歴史の中で耶馬溪を愛し、守ってきてくれた人たちがいたからこそです。大正十五年（一九二六）秋、文豪田山花袋と画家小杉未醒は国名勝となった耶馬渓の遊覧の旅を楽しんでいます。彼らの紀行文とスケッチには、耶馬渓の魅力がみずみずしく表現され、往時の賑わいを伝えてくれます。

平成二十九年四月二十八日、中津市と玖珠町を繋ぐストーリー「やばけい遊覧～大地に描いた山水絵巻の道をゆく」が日本遺産に認定されました。今度は今を生きる私たちが耶馬渓を守り、慈しみ、その魅力を広めていく番です。

この度、昭和二年（一九二七）に実業之日本社から出版された「耶馬溪紀行」に注釈と写真、そして日本遺産認定ストーリーを掲載して改訂版を発刊することといたしました。平成三十年は奇しくも頼山陽が耶馬渓を訪れて二百年目の節目の年です。まさに「耶馬渓の魅力を伝えてくれよ」とバトンを引き継いだような思いがします。この本をきっかけに、文人画人に愛された耶馬渓に興味をもち耶馬渓を訪れ、そして先人たちの思いを受け取っていただけたら幸いです。

平成三十年三月

中津玖珠日本遺産推進協議会 会長　奥塚 正典（中津市長）

凡例

◆この書籍は、昭和二年発刊の『耶馬溪紀行』を、注釈、付録記事をつけて復刻したものである。
◆復刻部分の口絵と本文については、原則として原文のまま掲載した。
◆原文はすべての漢字にふり仮名がついているが、本書については、平易なもの、見開き頁で登場しているものについては省いた。
◆現代においては、不適切な表現と思われる記載もあるが、発行当時の時代背景、また著者が故人であることを考慮し、そのまま掲載した。
◆注釈の（1）～（82）については、今回の編集でつけたものであり、現代仮名遣い、常用漢字を原則とした。

暮自霧渓還夕照易催攀巌隍
楓已冥渓微鳴乗舎待我輕
車在数行從待作爆未十分開
節從集回旋驀地輪急駛暮
山我復踏巨石立如人奇巖益
似架隧道光穿暗嶺鞍心纔
卸劃穿山披扇巍鐙
路漸下

森町東有
岩扇山

[illegible]

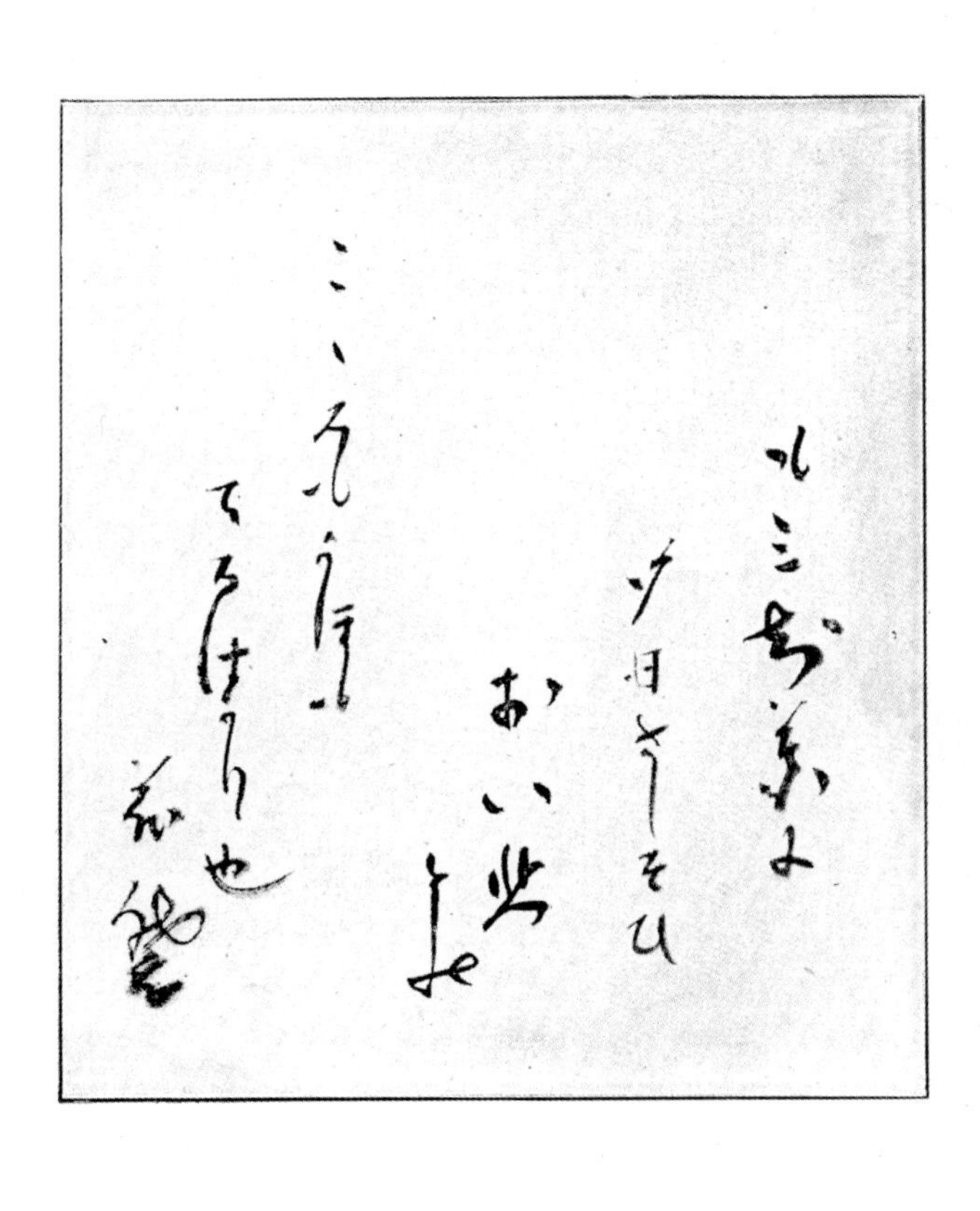

別府裏山に於ける　田山氏（左）、小杉氏（右）

耶馬溪＝競秀峰

由　布　院

裏耶馬溪池の尾

森町の舊藩別墅（きゅうはんべっしょ）

飯　田　高　原

◎［目次］

羅漢寺遠望

平田西澤寺

中津古城址

中津
福翁
故宅

競秀峯

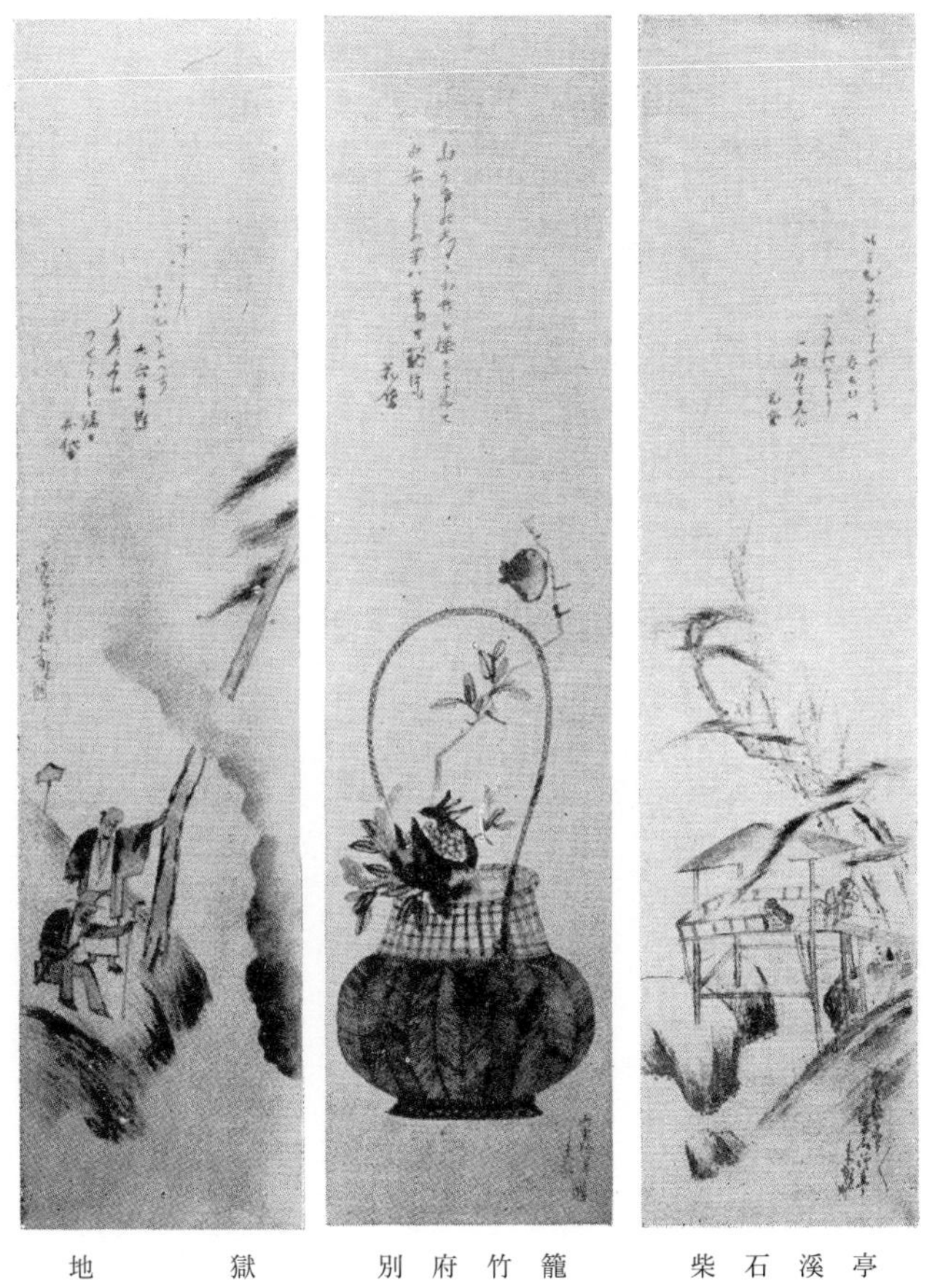

地獄　　別府竹籠　　柴石溪亭

鶴見岳の一角　　観海寺　　別府灣遠望

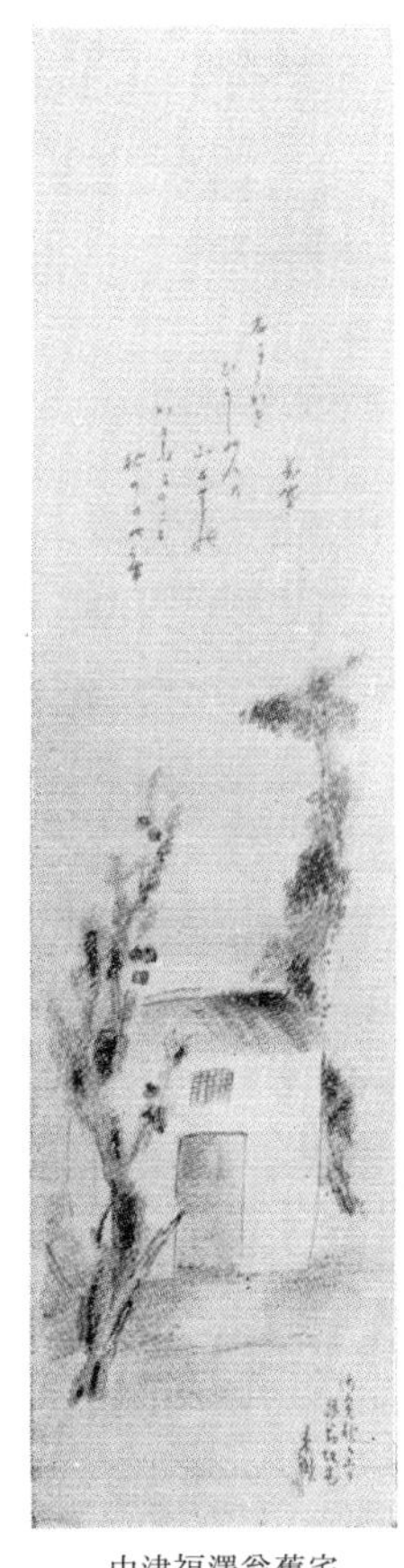

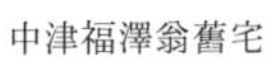

中津福澤翁舊宅

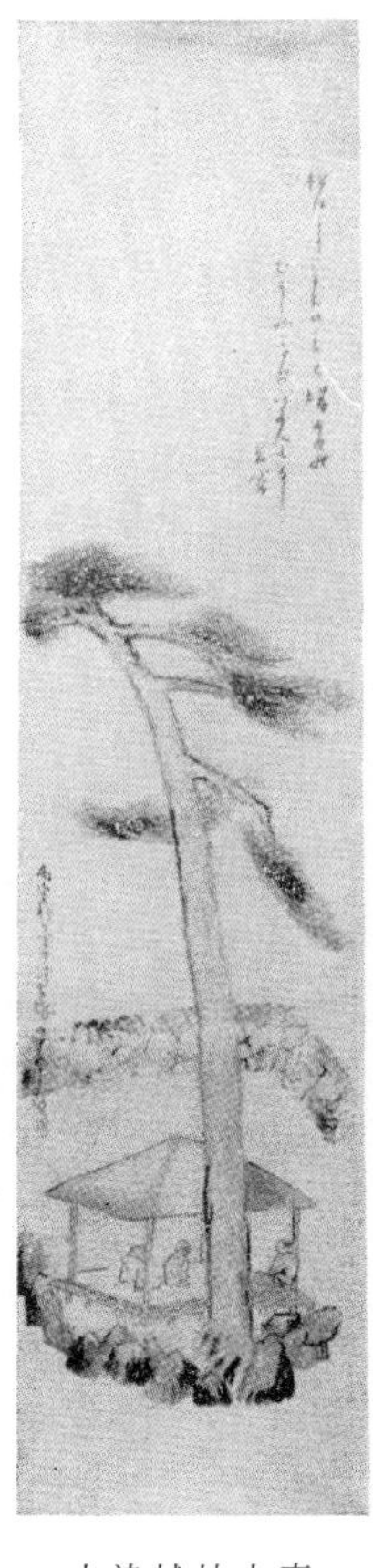

中津城址水亭

地　　　獄

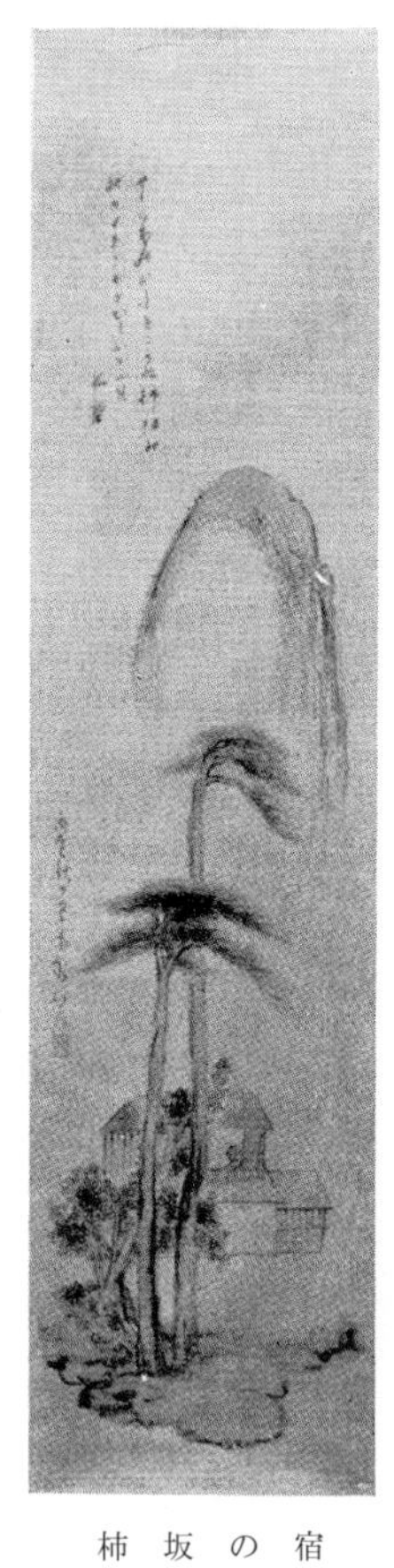

柿坂の宿

溪　　橋

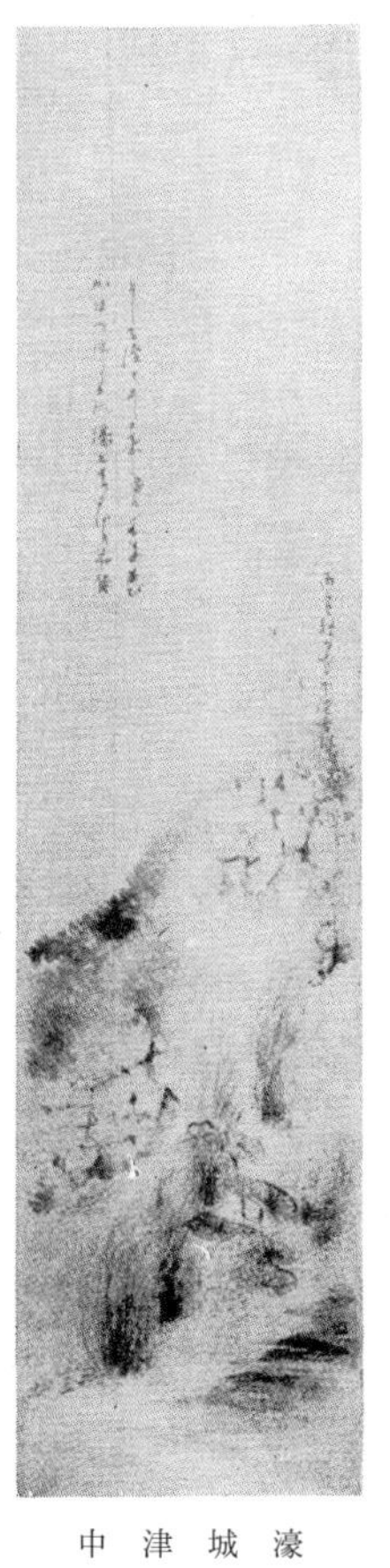

中津城濠

うつくし溪

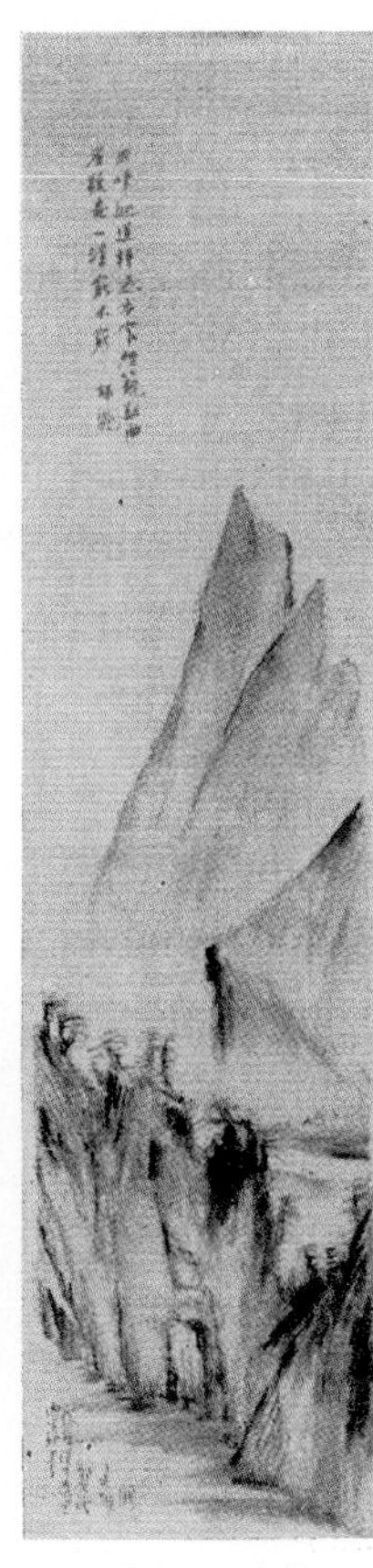

羅漢寺より遠望

耶馬溪渡船

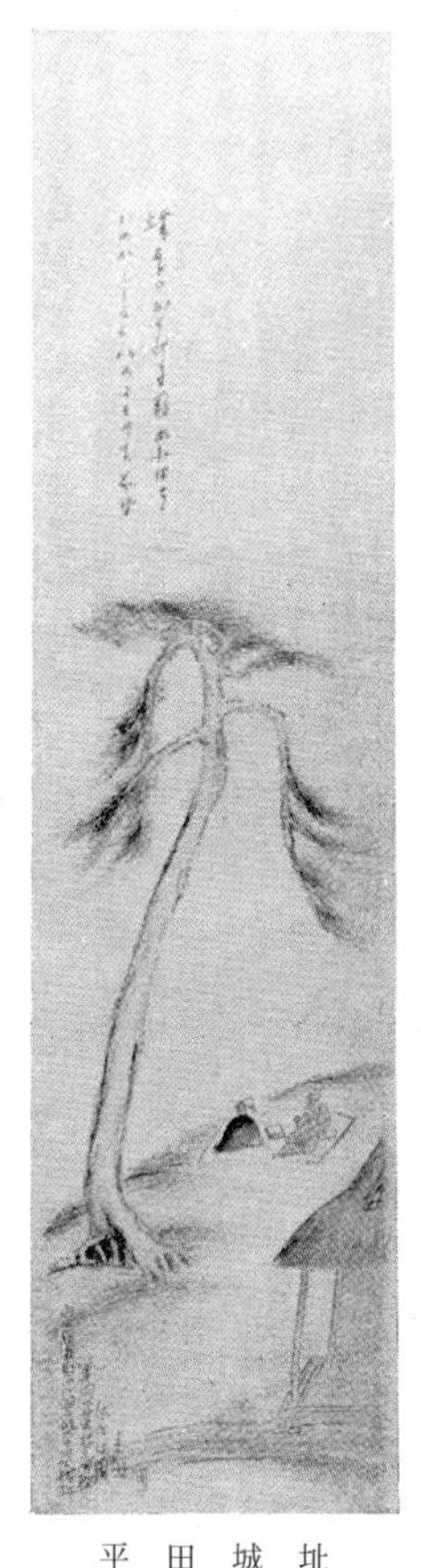

平田城址

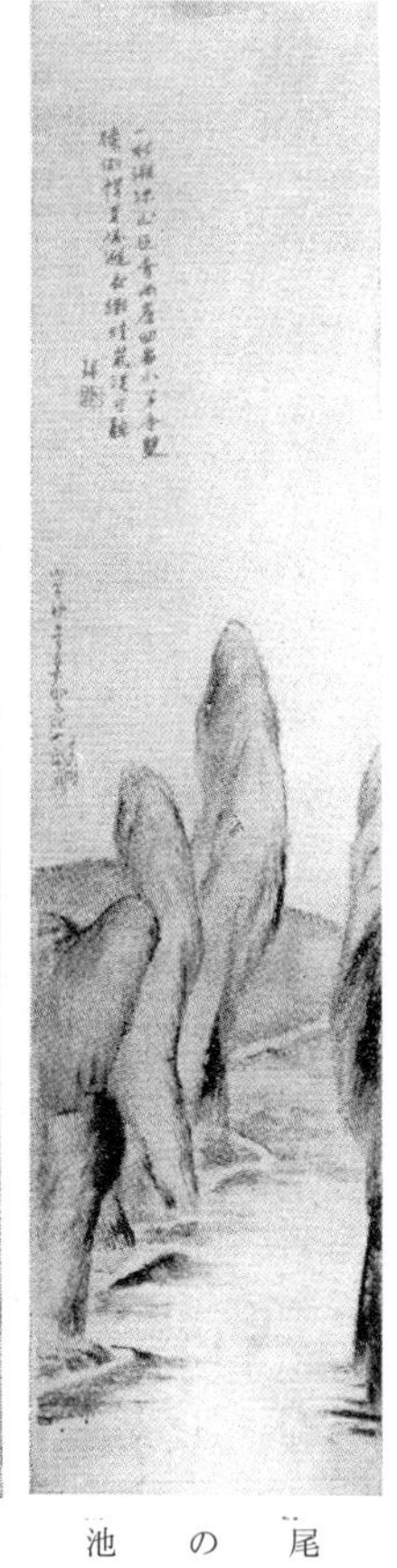

池の尾

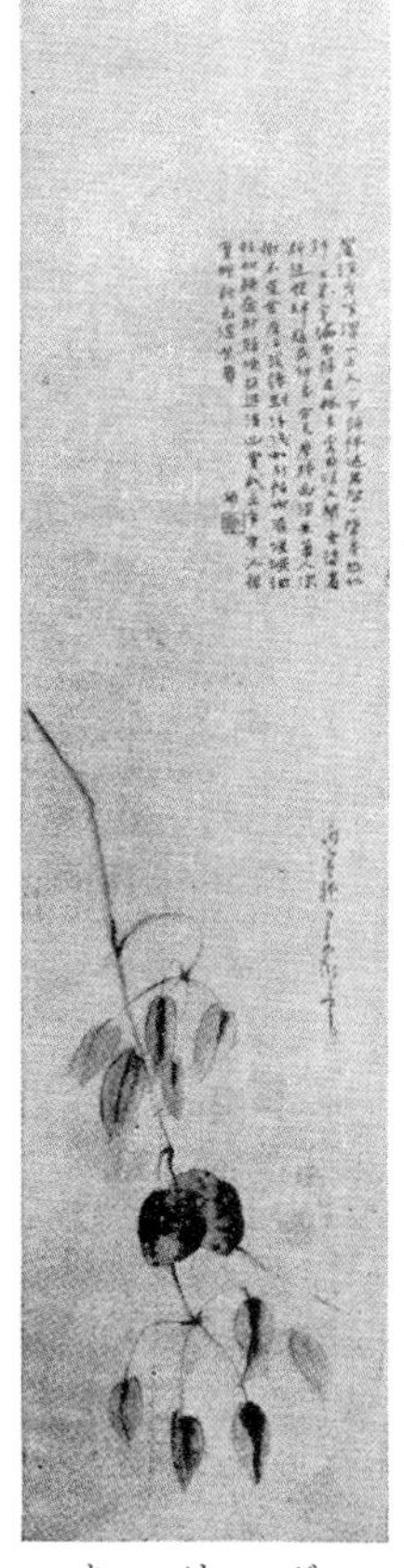

あけび

西　　浄　　寺　　　　　鮎　　　　　薬　　　　　羅漢寺指月庵

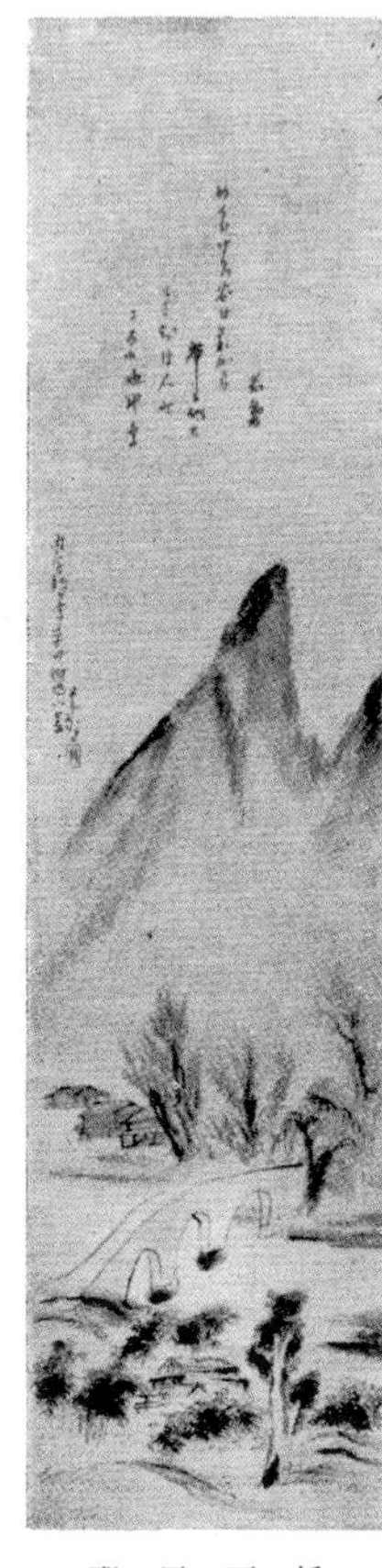

耶 馬 石 橋

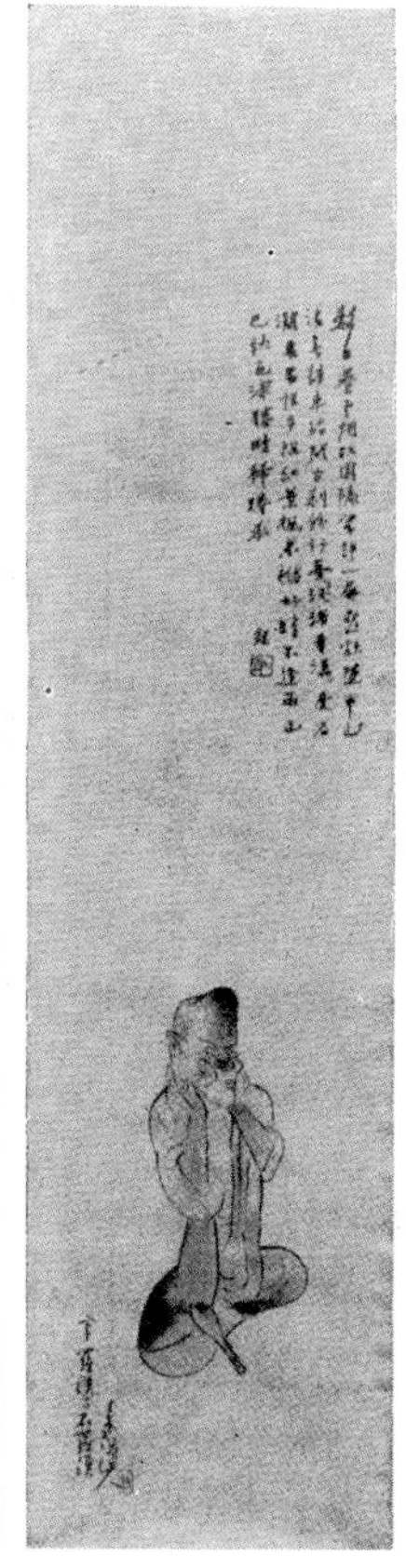

羅漢寺石佛

裏耶馬溪の一部

洞　鳴　溪　　　裏耶馬溪山　　　深耶馬紅葉溪

溪　石　　溪畔長嘯　　耶馬溪流

山歸來　　溪邊　　醉仙岩

雲華和尚

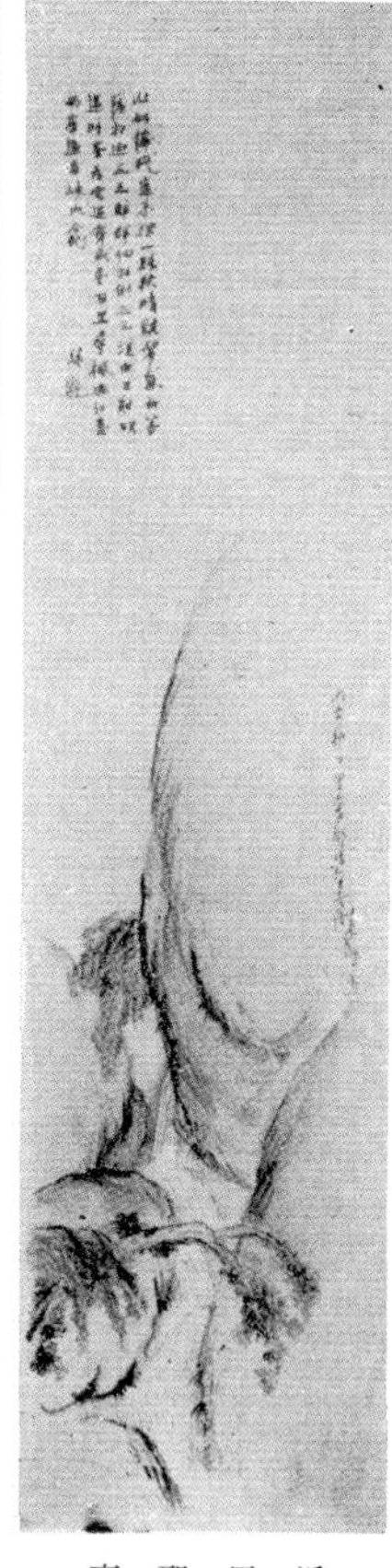

裏耶馬溪

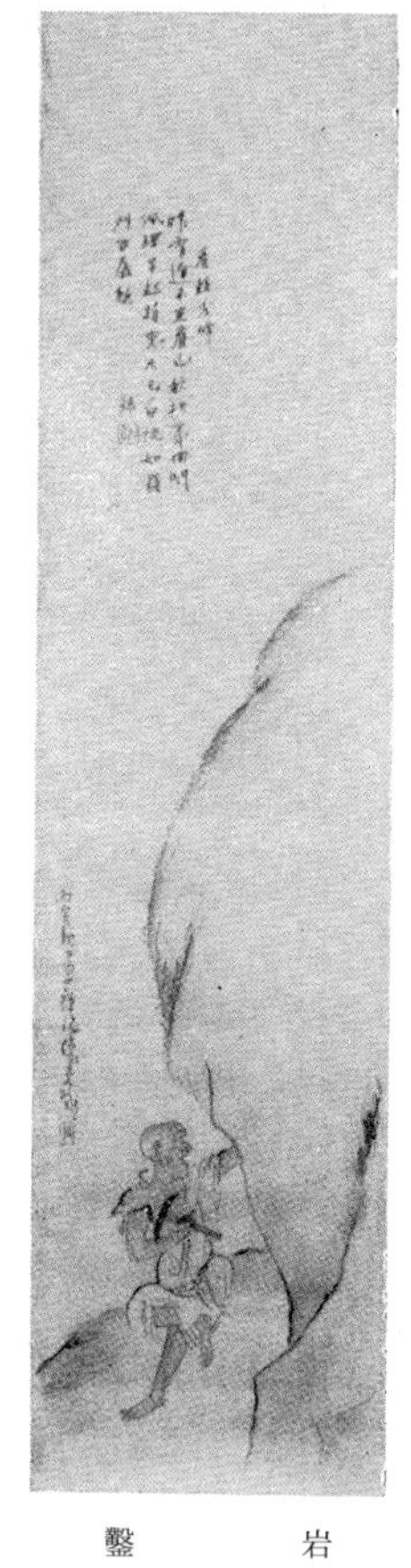

盤岩

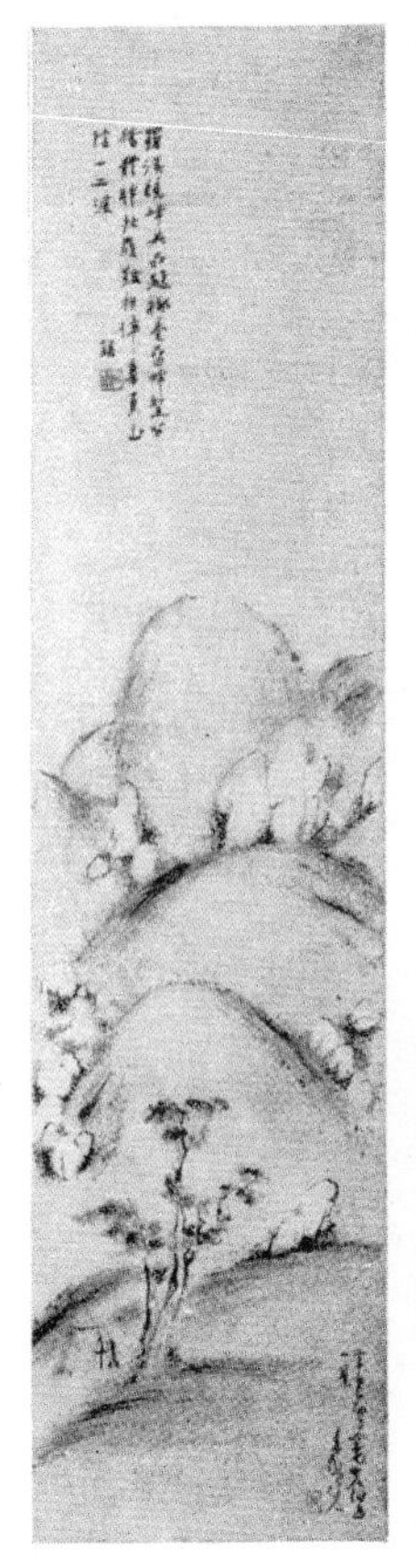

耶馬溪山

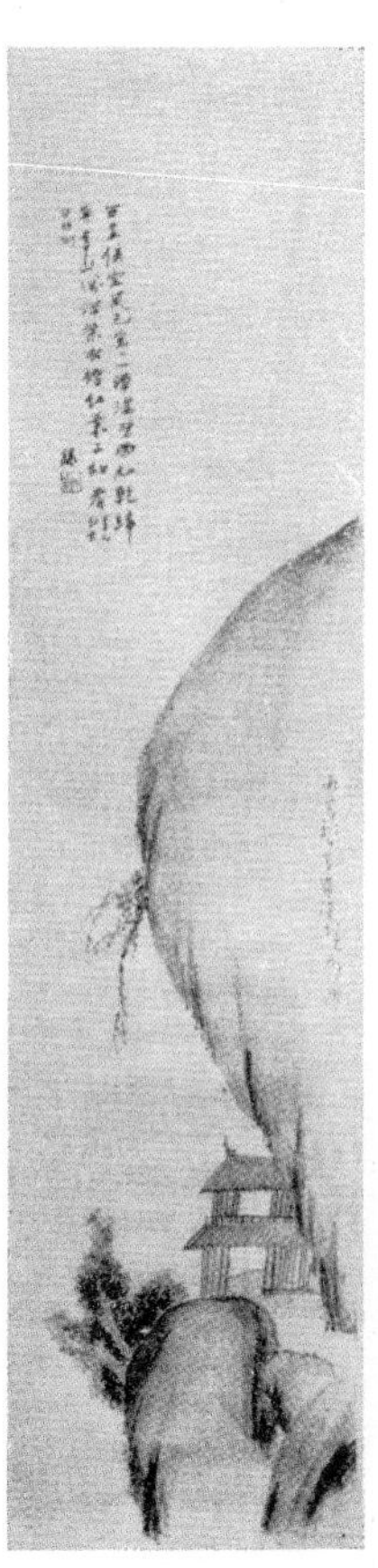

羅漢寺山門

羅漢寺凌雲閣

山國橋　　叢竹　　水芋

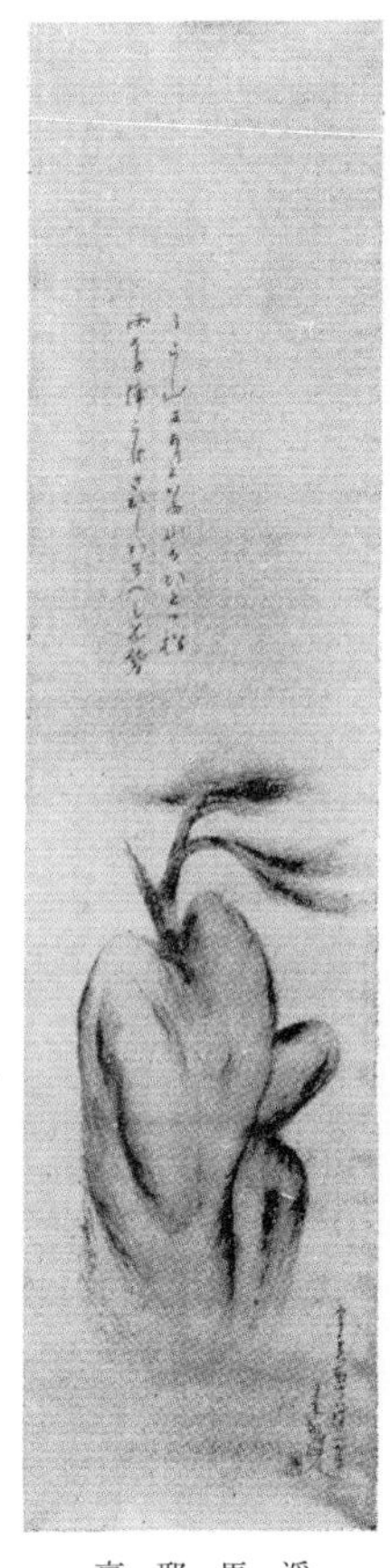

裏耶馬溪

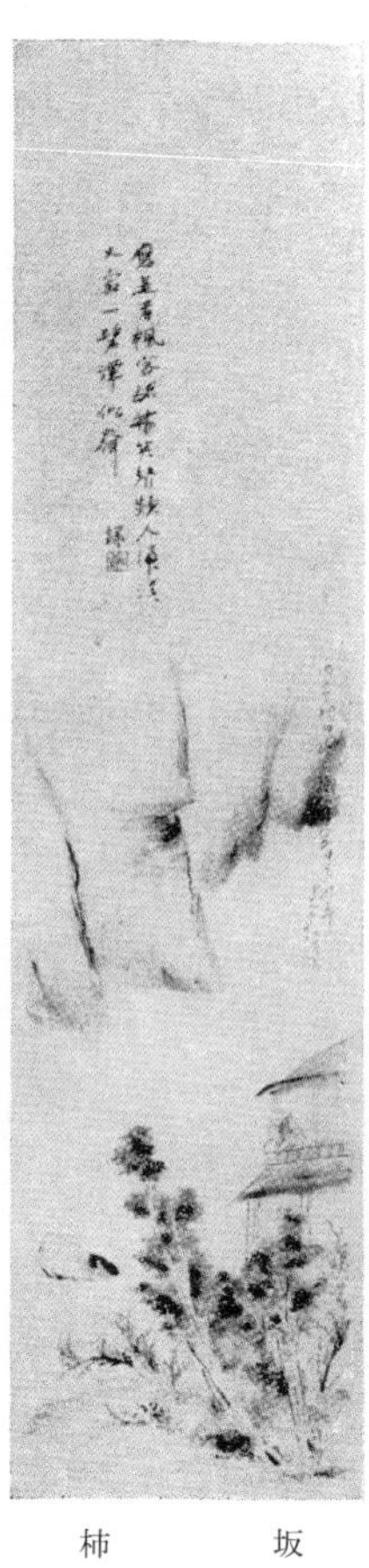

柿坂

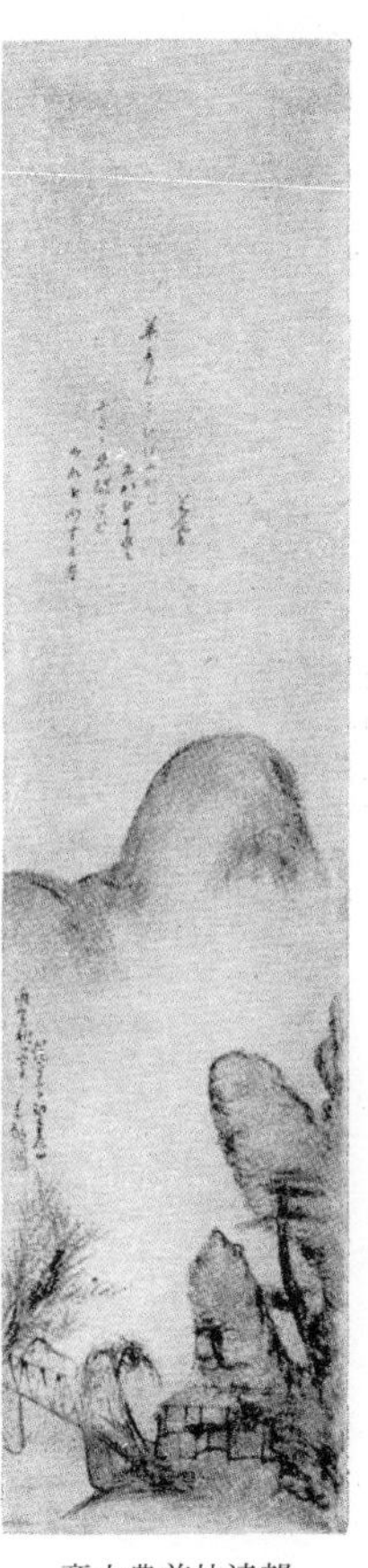

彦山豊前坊遠望

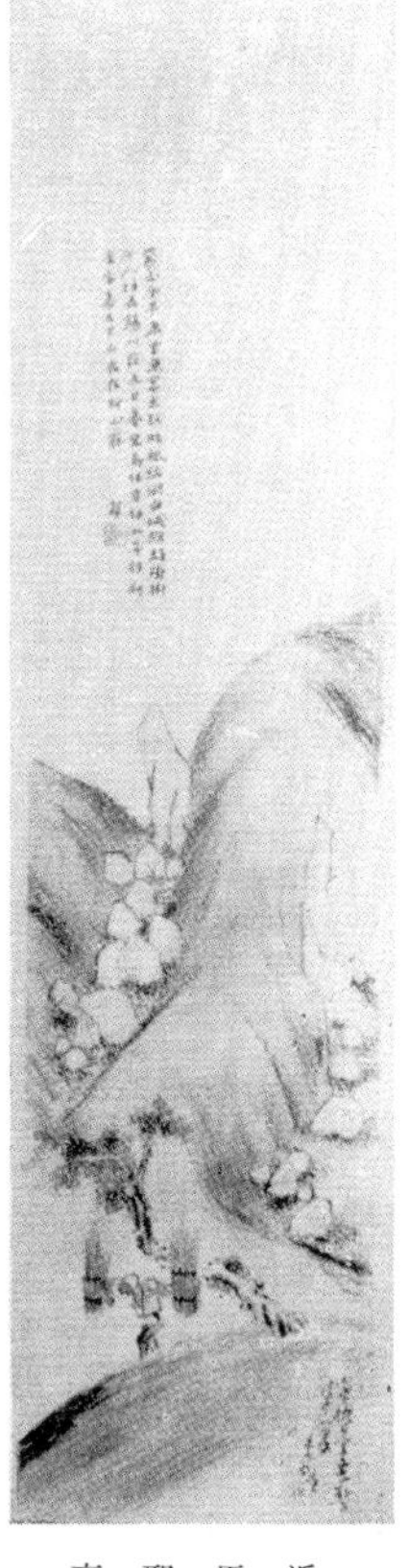

羅漢寺石門　　深耶馬紅葉溪　　裏　耶　馬　溪

守　實　道　　　竹　　溪　　　裏耶馬溪

溪 邊 叢 竹

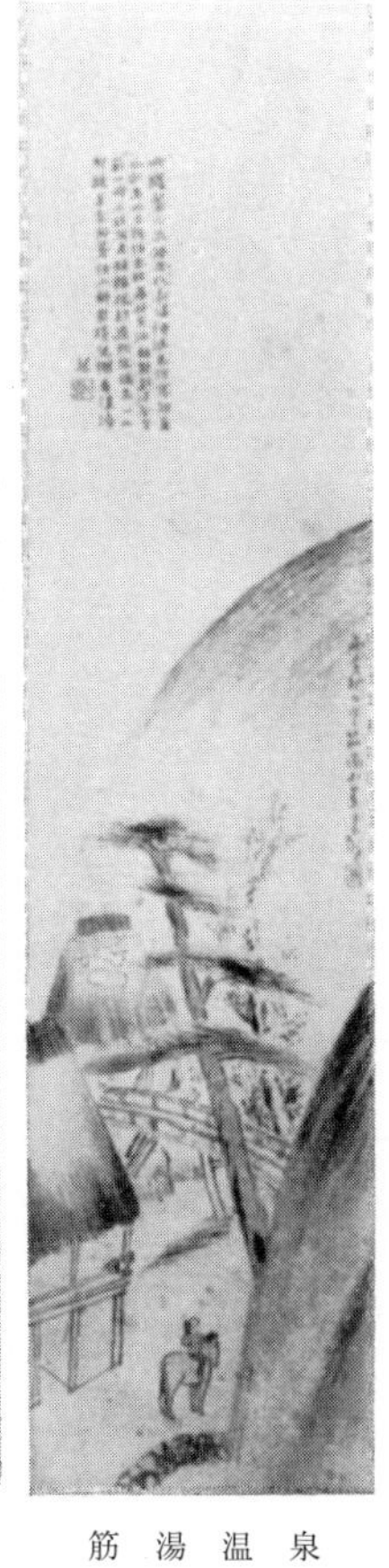

筋 湯 温 泉

溪 畔 叢 竹

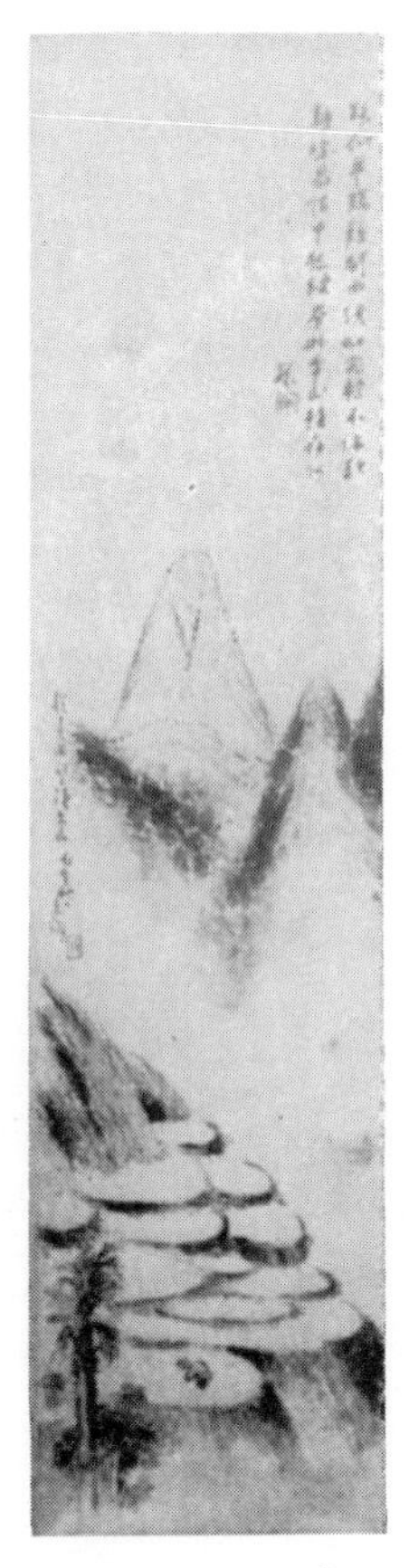
十三曲より湧出山を望む

由布院錦鱗湖

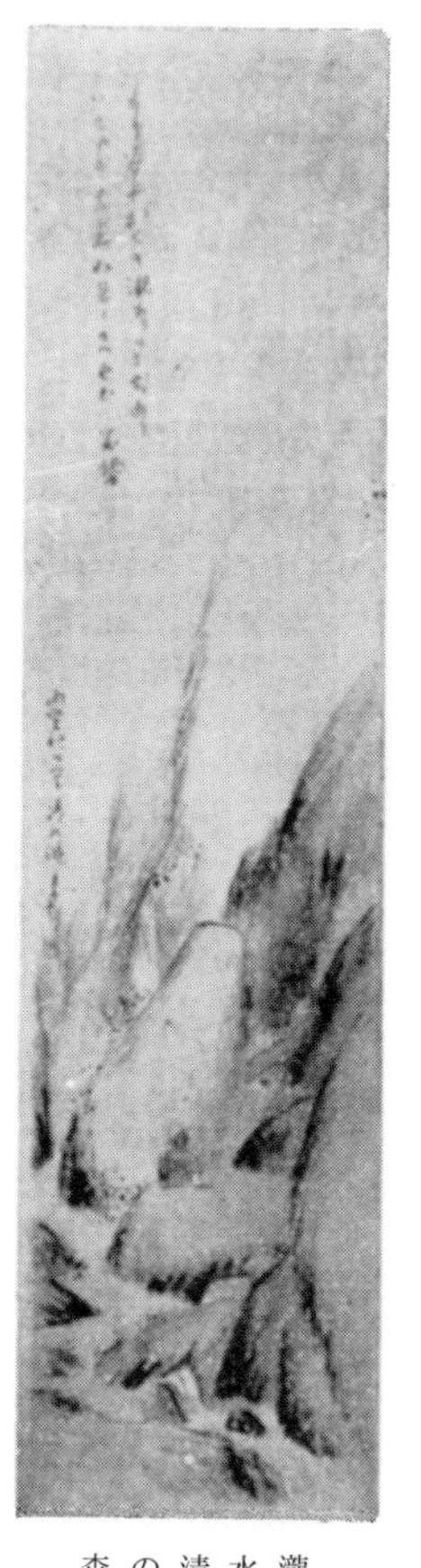

森の清水瀧

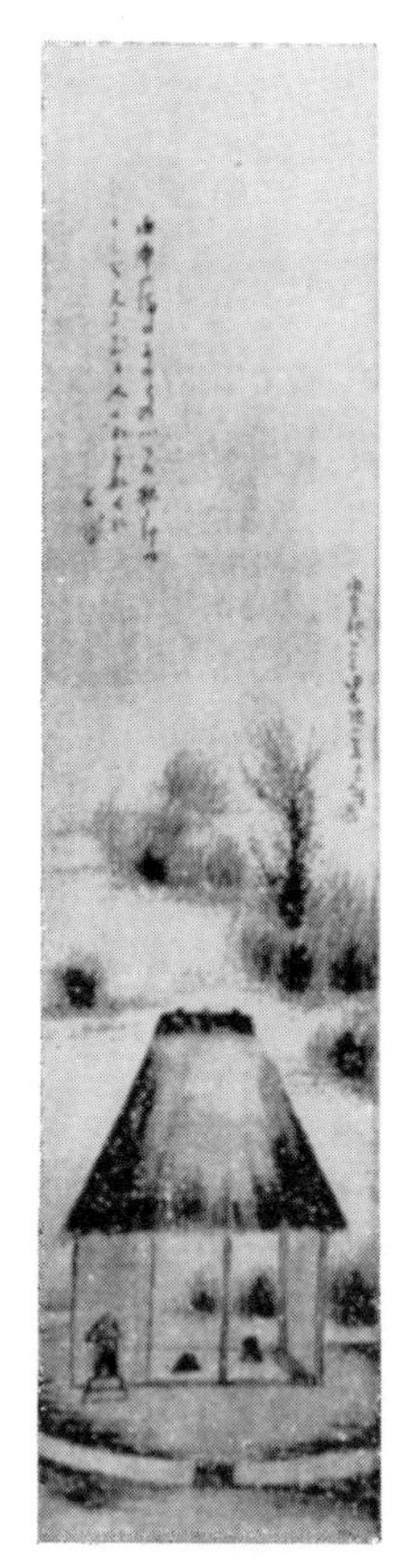

由　布　院

耶馬溪紀行　附 別府

田山花袋著

一

昨夜おそく羅漢寺驛に來て橋[1]を渡つた所にある大きな三階の旅舍[2]にとまつた。何となく不思議な氣がした。向うにあるのはたしかに耶馬橋で、闇の中に微かながらもそれと見えてゐるのは帯岩[3]であるのは疑ふべくもないが、何

（1）橋
羅漢寺橋のこと。大正九年築造の三連アーチの石橋。県有形文化財。中津市本耶馬渓町曽木。耶馬橋はその先にかかっていた木造の橋。［234頁に写真掲載］

（2）旅舎
長命館のこと。現在は営業していない。本耶馬渓町大字曽木。

（3）帯岩
青の洞門が掘られた競秀峰の断崖の一部で、侵食部分が帯状に見える岩山。鎖伝いの探勝道。本耶馬渓町大字曽木。［234頁に写真掲載］

うもこの旅舎の位置がわからない。十五六年前に來た時には、耶馬橋を向うから來て渡つた所に左側に小さな田舎めいた旅舎があつて、そこに侘しい一夜を過したとを記臆してゐるが、この三階の大きな旅舎は果してそれの進歩したものだらうか。それともあれとは丸で違つたものだらうか。それをそこに出て來た婢に聞いて見ても、判然したとは何うしてもわからなかつた。

耳をすますと、さゝやかな水の音がする。潺々としてゐる、

『あ、あの音だ！　あの音が、あのさゝやかな音が耶馬溪だ！』

私は思はずから口に出して言つた。

『好いな』

K君(4)も言つた。

（4）K君

2

小杉未醒（みせい）（放庵、放菴／一八八一—一九六四）。明治、大正、昭和期の洋画家。日光出身。国木田独歩や芥川龍之介といった作家や、その周辺の学者、思想家、財界人たちとの親密な交友関係もあった。耶馬溪に何度も訪れ絵を描き残している。大正十五年、田山花袋とともに耶馬溪を旅した際の作品が「耶馬溪紀行」

におさめられている。代表作には、東京大学・安田講堂の壁画や《水郷》《山幸彦》などがある。

3

『あゝしたさゝやかな音が、旅人の心を何んなに落着かせるか知れないね。日光（につくわう）あたりの大きい、すさまじい、耳も聾（ろう）するばかりの溪谷（けいこく）の音も好（い）いには好いが、あれはすこしやかましすぎるよ。何となく壓迫（あつぱく）されるやうな氣がするからね』

『本當（ほんたう）だ‥‥』

　岩から岩へと言ふよりは、石から石へ、瀬から瀬へ、湍（たん）から湍へ、それも勾配の強い流れの烈しいものではなしに、靜かに落着いて、時には星の影を、時には竹のそよぎを、また時には簗（やな）のせゝらぎを雜（ま）ぜたやうなその靜（しづ）かな響（ひびき）！　それを想像すると、山のたましひ見たいなものが深くこの身に迫つて來るやうな氣がして身内がぞくぞくした。

4

私は十五六年前に來た時のことを床に入つてからもいろいろに思ひ浮かべた。その時食つた大きな鮎の味、青の洞門の中を夕暮近くがたがたと通つて來た箱のやうな乗合馬車、何でもその時同車したのは、男とかけ落した娘を迎へに行つて、すでのこと朝鮮に渡らうとしてゐるところを運好く下の關で出會して、無理やりに伴れ戻つた人達だつたが、娘は別に悲観したやうでもなく、途中到るところで氷を買つてのんきに笑つてゐたその丸顔がはつきり見える。もう婆さんになつてゐることなどは思はずに、そのまゝその色白の顔が見えるのだから不思議である。其時、私は落合の山の中についその一月ほど前に自殺した一青年(5)の墓をたづねた。そしてその家の二階の一間でその志を齎らして死んで行つたさまをその老いた母親の口から聞いた。もうその

(5) **一青年**
西萩花。本耶馬渓在住の歌人で、若くして没した。二人は直接会ったことはないが、萩花は花袋が主宰した文芸雑誌「文章世界」で活躍しており、花袋は萩花の才能を認めていた。

郵便はがき

62円
切手を貼って
お出し下さい

810-0033

福岡市中央区小笹二丁目
十五番十号三〇一

図書出版のぶ工房
「耶馬溪紀行」
読者カード係 行

◎お名前　　　　◎年齢　　　◎性別

◎ご住所　〒

◎お電話　　　　◎メールアドレス

◎購入書店名

＊お客様の情報は弊社からのご案内のみに使用します

ご愛読書カード

耶馬溪紀行

田山花袋［著］　小杉未醒［画］

◎本書についてのご感想・ご意見をお聞かせください。

◎本書をお求めの動機。

1、新聞雑誌等の記事　　2、広告を見て　　3、書店で見て

4、人にすすめられて　　5、その他（　　　　　　　）

◎直接購入申込欄

のぶ工房の本を直接お届けします。 送料は１回の御注文につき200円。税込合計2,000円以上は送料小社負担。お支払は同送の郵便振替用紙で。

書名　　　　　　　　冊

書名　　　　　　　　冊

◎自費出版にご興味がありますか。

はい　いいえ

母親もとうに死んだらう。こんなことを頭に浮べながら、微かな水の音に耳をなぶらせつゝ、いつとはなしに深い眠に落ちて行つた。

あくる朝まだほの暗い中に眼をさました私は、うすら寒いにも拘らず、そのまゝ起きて、ガラス戸の前に行つて立つた。私は聲を立てずにはゐられなかつた。溪はまだ全く夜であるのにも拘らず、ギザギザした岩山の山際は、既にしのゝめの光に染められて、それを地に、崖やら、石やら、その上に生えた松やら、大きな棒を立てたやうな巖やらが黒く一面にそこに竝べられてゐるのを、私は眼にした。

『好いな』

私はひとり言のやうに言つた。と、K君もそれを知つてゐたといふやうにしてそのまゝ起きて來た。

『フム・・・・』

『好(い)いだらう？』

『好いな・・・・』

『朝といふものは好いもんだな。物が皆な生れ出して來(く)る様な氣(き)がするね！』

『これは好い』

次第に地の色が明るさを増して、溪やら橋やら道やら石やらがそれと微(かすか)に見えるやうになつて行つた。橋の下の水のせゝらぎもそれと微かに指さゝれるやうになつた。私達は寒いので、再び床の中に入つたが、それを貪(むさぼ)り見るために障子はそのまゝ明けて置くことにした。

二

私達は別府から中津に來て、初めて本當に迎へられたやうな氣がした。別府は賑かさに過ぎてゐた。纔かに遠く脱け出して來た都會の喧噪がまだそこまでつゞいて來てゐるやうに感じられた。ところが中津に來ると、ぐつと違つた心持がした。あのだゞつぴろい倶樂部(6)の二階も、旨いとは義理にも言へない晝飯も、耶馬溪鐵道會社(7)のK君の歡迎も、皆なぴたりと壺にはまつてゐて動かなかつた。私は田舍々〱した車の毛布にすら一種の暖かさを感ぜずに

（6）**倶楽部**　中津駅北口にあった洋食店「ヤバケイクラブ」。

（7）**耶馬溪鉄道会社のK君**　小疇寿。昭和二年、耶馬溪鉄道株式会社五代社長となった。

はゐられなかつた。

　その癖、中津は私に取つては、これまであまり好い感じを與へたところではなかつたのである。勿論それは別にわけがあるのではない。唯、この前に來た時の停車場前の休憩店の取扱方が非常に不親切であつたため、そのため第一印象がすつかりわるく濁らされて了つてゐたのである。それを思つても、停車場前の旅舍とか休憩店とかいふものは旅人に親切であらなければならないことがわかる。從つて私に取つては、中津は殆ど生面の人に似てゐた。その本當のことを知らずに、もしくは知つてゐても全くその眞相に觸れずに、たゞ自分でさうときめてゐたといふ形がある。だから今に於ても、その感じがぴたりと行かなかつたならば、一層わるくこそなれ、決して好くはならなかつたであらう。さういふ意味に於て、私はその日の壺にはまつた感じを二重に喜ばずにはゐられないのである。

中津では私は昔のなつかしい城下町を發見した。まだ士族屋敷の殘つてゐるやうな町を。そのまゝその時代の人達がずつとつゞいて住んでゐるであらうと思はれるやうな町を。庭のしげみも前栽も樹も竹もそのまゝになつてゐるといふやうな町を。狹い狹い町を。指物師などの多く店を竝べてゐるやうな町を。ガスでも電氣でも文化は遍ねく行きわたつて居ながら、何處かにまだなつかしい昔の空氣が渦を巻いてゐるやうな町を。そしてその中に、自性寺(8)だの、福澤氏邸址(9)などがそのまゝ昔を保存してゐるといふことは、何等かその間に町そのものを深く語つてゐるのではないかといふやうな氣がした。

(8) **自性寺**
中津城下町の臨済宗寺院。寺に逗留した池大雅の書画（県有形文化財）を集めた大雅堂がある。中津市（新魚町）。

［234頁に写真掲載］

(9) **福澤氏邸址**
福沢諭吉（一八三五—一九〇一）の旧宅。国史跡。諭吉が長崎に遊学するまでの幼少青年期を過ごした家で、自ら改造し勉学に励んだ土蔵が残っている。隣接して展示施設の福沢記念館がある。中津市（留守居町）。

［234頁に写真掲載］

自性寺（じせうじ）はこの前にも來て見たことがあつたが、今度は更にそれを一層はつきりと見直したやうな氣がした。それに、境内もこの前とは違つて、非常に綺麗になつてゐた。今では土地の名物以上に世間に認められて來てゐるといふことがこれでもわかる。

大雅堂（たいがだう）の繪（え）にしても、昔見た時とはぐつと違つて考へられて來てゐるのを感じた。これは私ばかりではない。K君にしても『やつぱり僕もさう思ふよ。こつちが出來てるか出來てゐないかで、さう思はれるんだね』こんなことを言つた。つまりこつちの叩き方如何（いかん）で鐘が大きくも鳴れば小さくも鳴るといふやつである。繪畫（くわいぐわ）にしても、小説にしても、または詩歌にしても、すぐれた藝術家（げいじゆつか）のものは、向うでも一生かゝつて作つたのだから、見る方でもちよつと見たのでは本當にはわからない。何遍も何遍も見てゐる中におのづからその心持がわかつて來るやうなもので、嚴密に言へば、やつぱり一生かからなければ本當にはわからないと言つても好いものであるといふやうなことをつくづく感じた。繪は無論だが、字などにも非常にすぐれた氣分が漲つてゐるのを私は眼にした。

大雅は奇人あつかひをされたので、餘程損をしてゐはしないか。その眞價がもつと深いところにあるのではないか。奇人といふ皮を引むいて了はなければ、そのところがあらはれて來ないのではないか。さういふ意味から言つて、應擧などと比べて非常に不運だと言ふべきではないか。その繪の前で私はこんなことを考へた。

そこから私達(わたくしたち)は車を竝(なら)べて城跡(しろあと)(10)の方へと行つた。

今日に於ては、城跡などといふものは、もはや若い人達のイリユウジヨンを引起させるには足らなくなつてゐるに相違(さうゐ)ない。封建(ほうけん)時代の城のあと、そんなものが何になるか。かういふ風に考へてゐるものが多いに相違ない。しかしフランスのクロオデルが江戸城の石垣に對(たい)して感慨無量であつたやうに、詩から見て非常に面白いものではないか。そこには昔の人の足跡(あしあと)が埋れてはゐるが殘つてゐる。また昔の人達の仕事が半潰(なかばつい)えてはゐるが殘つてゐる。そしてそこには苔が生えてゐる。濠は水草だの眞菰(まこも)だの荷(はす)の葉の枯(かれ)たのなどで一面に蔽(おほ)はれている。黄く赤くなつた葉の上に微(かす)かに夕日がさしてゐる。

中津(なかづ)の持つてゐる城跡はさう大して大きいとは言へない。とても彦根(ひこね)や松

(10) **城跡**
中津城跡。一五八八年築城。九州最古の近世城郭の石垣が残る。現在の天守閣は昭和三十九年建築の模擬建造物で、奥平歴史資料館となっている。中津市(二ノ丁)。

[234頁に写真掲載]

山のやうなわけには行かない。しかしそれでも大手の門のあたりがはつきりとしてゐて、濠に夕日が當つてゐるさまは、私には忘れ難かつた。私は私の祖父や父のことなどを考へながらじつとそこに立盡した。

　福澤翁の遺宅は、をりから夕暮で、ここいらの空氣が私の心に相應しかつたためか、深い深い印象を私に殘した。あのやうに唯物的だつた翁に取つては、故郷の人達のかうした尊崇もあまり嬉しいとも思はないだらうが、兎にも角にも、さうした新しい芽がこの田舍の士族屋敷のやれ倉の中から萌え出したといふことは、何とも言へずになつかしいことであらねばならなかつた。その倉の前に立つただけでも、日本の維新の大革命の精神がはつきりと浮び上つて來るではないか。そのSturm und drangの中にあえぎつゝ泳いだ人のことがはつきりと浮び上つて來るではないか。否、そればかりではない、そこには人生がある。ひとつの不屈不撓の精神の萬難の中に處してびくともせずに通つて來たことがそれと指さゝれる。私の胸には『名に高きむかしの人のふるさとのかきねに殘るあきの日の影』といふ歌がひとり手に浮んで來た。自然の中にそれと殘された人間の精神のあと、私はひしとそれを深く胸に感じた。

否、そればかりではない、さうした士族の邸の今日に殘されてあるといふことにも、非常に意味がある。それに由つて、私はさう大して多くの石取りではない、謂はば昔の知識階級の生活狀態をある程度までありありと眼の前に浮び上らせることが出來る。一間、二間、三間。私はそこに大小を挾んだ武士とそれを送つて出る品の好い刀自とを見ることが出來る。また志を抱いた少年が孜々として他の笑ひを顧みずに英語に讀み耽つたさまもそれと浮べることが出來る。この邸が奈良の古寺のやうに千二三百年も殘されてあつたなら、それこそ何んなに歴史家に珍重されるかわからない。

夕飯に招かれた忘言亭も感じの好い立派な料理屋であつた。大橋乙羽の『續千山萬水』を見ると、かれがこの町に來た時、丁度伊藤春畝公(11)がこの亭に來て頻りに豪遊をやつてゐるのを傍で見て、いくらか羨しさうに書いてあるが、伊藤公とこの料理屋とは多少の縁因があるらしく、何でもその忘言亭といふ名は、公が自らつけてそしてそれを額(12)に揮毫したものであるといふ。もとはこの家は茗荷屋と言つた。それを、茗荷を食ふと物忘れをするといふ諺があ

(11) **伊藤春畝** 「春畝」とは、伊藤博文の号。

(12) **額** 伊藤博文が記した「忘言亭」と書いた書。現在は中津市所蔵。

るので、それをもぢつて忘言亭といふ名をつけたといふことであつた。いかにも伊藤公らしくつて好いと思つた。

ところが、何でも、この中津では、御馳走と言へば鰒（ふぐ）で、その夜もそれが澤山に出て、鰒を食はぬものは人間でないといふまで言はれたけれども、K君の話——白川鯉洋（しらかはりやう）が自から鰒通を以て任じて、やはり鰒を食はないのは人間ではないといふやうなことを言つて、わざわざ下の關（しものせき）から氷詰めにして鰒を取寄せて、それをK君や大町桂月（おほまちけいげつ）や二三の藝者などと築地の待合で食つたが、そのあくる朝、そのとまつてゐるその近所の宿屋で鯉洋が急死してゐたので、それからは全く鰒を食ふのが怖くなつたといふ話を聞いてゐるので、とても土地の諸君のやうに平氣でその刺身を口に入れることは出來なかつた。

『何うも鰒が御馳走ぢやのに、それがいけんとあつては、どもならんな・・・・。大丈夫ぢやけに、上つて見ては』と何遍かすゝめられたことを私は記憶してゐる。

眞白な美しい刺身、それを煮るための黄金の鍋、酒も會社のK君の周旋（しうせん）で灘（なだ）の生（き）一本（いつぽん）といふ馳走ぶり――私達はかなりに醉つて、多くの女達に送られて、夜の十時近くに中津驛のプラツトフオムに來て、耶馬溪行きの小さな汽車に乗つたのである。

（13）八面山
名勝耶馬渓「八面山の景」。八方どこから見ても同じ形に見えるといわれ、「八面山」の名で親しまれている。メサの山で、八幡信仰の伝説を持つ巨石が分布している。中津市三光大字田口。

［234頁に写真掲載］

三

『あれは何といふ山ですか？』

初めて來た時、中津から乘つた乘合（のりあひ）馬車の中でから言つて私が訊（き）いた。

『どれ？』

『そら、そこに大きく城か何かのやうに立つてゐる？』

『八面山（はちめんざん）(13)――』

から言つて傍（かたはら）にゐた役場のものらしい男がブツキラ棒にから答へた。

私はじつとそれを眺めた。それを見ただけでもその中に名高い山水が藏(かく)されてあるのがそれと推(すゐ)せられるやうな異色のある山――Alte Schloss をそれと想像させずには置かないやうな、また四日市あたりから見ると、大きな卓を据えたやうに見える八面山――晝(ひる)ならば、それを飽(あく)までも見るであらうのに、見ることが出來たであらうのに、窓から首を出して見ても、あたりは闇である上に、空が曇つてゐると見えて、そのなつかしい舊知(きうち)の髣髴(はうふつ)をも得ることが出來ずに、そのまゝ山に入つて行くのは何となく惜しいやうな氣がした。

『こゝがちよつと感じの好いところなんだが――』私はかう言つて、八面山を前にして次第に爪先上りに立つて行く高原性(かうげんせい)のひろびろした眺めをそこに指摘した。

『さうですね』

耶馬渓の奥深く入つて行く人達はかう言つたが、しかも別にさう深く心もとめてゐないといふやうに、すぐ話を別な方に持つて行つた。

しかし私にはそこを闇の中に通つて行つて了ふのが惜かつた。私は何遍も窓から顔を出して見た。しかし闇が深くひろがつてゐた。たゞをりをり村の灯らしいものが一つ二つ微かにそれと指さゝれるばかりであつた。小さな停車場。薄暗いガラス燈。一人二人ホソボソと下りて行く改札口。さうしてゐる中にも、その八面山は次第に左に外れて、いつか汽車は崖に傍ひ山に臨んで、やがて青の洞門(14)の近くへと入つて行くのであつた。

『青の洞門は汽車で行くと、全く見ない形ですな』

(14) 青の洞門
江戸時代、羅漢寺に入った禅海和尚(ぜんかいおしょう/一六九一―一七七四)が、川沿いの参道から足を踏み外した人々が命を落とす様を知り、三十年かけて手掘りしたトンネル。県史跡。中津市本耶馬渓町大字曽木。
［235頁に写真掲載］

『さうなります。』

次第に溪(たに)が闇にも覗(のぞ)かれるやうになつて行つた。

四

『さうです……その時分の小さな宿舎がこの三階になつたのです』背の低いその旅舎(りよしや)の主人は言つた。

そしてその主人が私達をその近所に案内した。耶馬溪はそれをまとめて見る位置に缺(か)けてゐる。否(いな)、缺けてゐるのではない。閑却(かんきやく)してゐるのであると

(15) H氏

現在の耶馬溪町平田地区出身の貴族員議員平田吉胤（よしたね／一八六六―一九三二）。耶馬溪の発展につくした人物で、大正十二年、耶馬溪が名勝に指定される際尽力した。名勝指定にあわせるように三階建てに改修した自宅（国登録文化財）は耶馬溪の迎賓館でもあった。

いふので、つとめて私達をさういふ高いところに伴れて行くやうな方針を村の人達は取つた。羅漢寺、帯岩、平田古城址、またその他にも登つて見れば好いところが澤山にあるといふことであつた。

『何しろ、見方に由つて、景色が丸で違ひますからな。いろいろにして見なければ、本當のことはわかりませんからな。右岸から見たのと左岸から見たのとでは、丸で別なところのやうですから……』村でも豪富として名高く現に貴族院議員をしてゐるH氏[15]は熱心にかう言つて私達に說いた。

耶馬橋のすぐ上のところにある眺望臺からは、琴川[16]が東から流れて來て本流に合するさまが、竹やら篠やらでいくらかさまたげられてゐるにも拘らず、それとはつきり指すことが出來た。そこで見た溪谷はかなりに美しい。ことに競秀峰(17)の奇巖の簇々として竝んでゐるさまが奇觀である。

楓ばかりではなしに、櫨も漆も雑つてゐるらしいが、それが全岩皆な紅しといふ風でなしに、時には松を雑へ杉や櫧を雑へてゐるのが、却つて複雑な模様をそこに展げたといふ形になつてゐる。妙義あたりで見る紅葉よりも、岩が緑樹を纏つてゐるだけそれだけ一層錦繡のやうになつて見えるのである。

初めは菠薐草や唐菜などの霜を帯びてゐる山畠の間を通つて、しの竹の中を谷に下つて行かうとしたけれども、そこからはとても下りて行かれさうにもないので、そのまゝ引返して、本道に出て、耶馬橋をわたつて、二度目に來た時にとまつたことのある旅舍の向うから、ずつと河原の方へと下りて行つた。

（16）**琴川**
跡田川。

（17）**競秀峰**
名勝耶馬渓「競秀峰の景」。山国川右岸の一kmにわたる巨大な屏風を立て並べたような岩峰群。青の洞門が掘られている。福澤諭吉が土地を買い上げ開発から景観を守った土地である。中津市本耶馬渓町大字曽木。
［235頁に写真掲載］

このあたりは犬戻り(18)といふ名稱のもとに繪はがきなどになつてゐるところである。大きい小さい石がかなりに多く、琴川の合流してゐるあたりは、さすがに耶馬溪だ！　と思はせるやうな急湍を目も彩にひろげてゐる。水が岩に逢つて碎けて散つて、上は白く下は藍を掩いて流れてゐる。河原を少し行くと、橋――と言つても扁平たい石と石とを寄せて拵へたといふやうな低い橋がそこにかゝつてゐて、そこに來ると、ひとり手に足が留る。溪としては、さう大してすぐれたものとは言へないが、それでも眺めは決して凡ではない。上流も好いが、やつぱり犬戻りの岩のある下流からかけて青の洞門を見たあたりが好い。

　石と石との間を傳つて、犬戻りの巖のあるあたりまで行つて見る。體が肥

（18）**犬戻り**　名勝耶馬渓「犬岩・犬走りの景」中津市本耶馬渓町大字曽木。

つてゐるので、石から石へわたるのがちよつと樂でない。で、中途からは岸に出て向う側をそのまゝたどるやうにする。午前十時前後の日影があたりの紅葉に反映して、いかにも明るい感じのする溪谷だといふ氣がする。競秀峰も中々見事である。やつとのことで犬もどりの岩のあるところへと着く。別に變つたこともない。唯激潭が渦を卷いてゐるのと、岩の形が走つて行く犬に似てゐるのと、溪が此處で大きく左に折れ曲がつてゐるのとが特色と言へば特色である。

これから少し下流に、鮎返りの瀧(19)といふのがあつて、昔はそこから上には鮎がのぼらないとされたものだが、(今はそんなことはない)水力電氣のために水が減つて、瀑といふほどの眺めもなくなつて了つたといふことであつた。

(19) **鮎返りの瀧**　鮎返りの滝。名勝耶馬溪「山国川筋の景」の一部。中津市三光臼木～福岡県上毛町原井。[235頁に写真掲載]

五

自動車が來たので、それに乗つて羅漢寺（らかんじ）へと出かけた。

耶馬溪から左に折れて、概（がい）して琴川（ことがは）の流れに沿つて走つた。崖を負つた村がある。鈴生（すゞなり）に一杯ついてゐる柿の樹がそこにも此處（ここ）にもある。さうかと思ふと、田の畔（あぜ）では百姓が一家殘らず出て稲扱（いねこき）をやつてゐる。いかにも秋の景物といふ感じがする。琴川の溪谷はやはり耶馬溪の輻射谷（ふくしやこく）のひとつであるけれども、水が錆（さ）びてゐて、また岩石が平凡で、さう大して好いとは言へない。

しかし時にはさうした錆色をした水の上を竹の碧が一面に蔽つてゐるところなどもあつて、K君の寫生帳の一頁になるやうなところは到る處にある。そしてその度毎に自動車をしばしと言つて留める。

この羅漢寺に入つて行く形はかなりに好い。谷が面白い。またその谷を縁取つてゐる岩石が面白い。またその岩石を綴つてゐる紅葉が好い。關東や東北地方では、かうした細かい味を持つた谷が少ない。

十二三町行つて、琴川にかけた橋を左にわたると、古羅漢[20]の巖石がすぐその前にあらはれ出した。

これもやつぱりAlte Schlossに似てゐる。數百年荒廢に歸したまゝになつてゐるので、樹が一面に繁つて、昔の登拝路がたどればたどられるのださう

（20）**古羅漢**
名勝耶馬渓「古羅漢の景」。羅漢寺対岸の奇岩の霊峰。探勝道には窟やお堂、石仏石塔がある。中津市本耶馬渓町大字跡田。
［235頁に写真掲載］

だけれども、容易にそこに入つて行き難(がた)いといふことである。たつて探(さぐ)らうとすれば、何(ど)うしても一日はかゝるといふことである。それに、今の羅漢と比べて見ると、全體(ぜんたい)として規模(きも)が小さい。寺の傳説(でんせつ)では佛(ほとけ)の靈告(れいこく)で、數(すう)百年前に一夜にそこに移つたといふことであるが、やつぱりそれはその當時(たうじ)の坊(ぼう)主(づ)達の宣傳(せんでん)で、この古羅漢よりも今の羅漢のあるところの方が地形も好し、岩石も面白し、地積(ちせき)も廣(ひろ)いといふので、それで移轉(いてん)したのに外(ほか)あるまいといふことであつた。古羅漢の下をくり貫いたトンネルを一つぬけると、もう羅漢寺はすぐそこで、自動車は眞直(まつすぐ)にその下のところへと行つてとまつた。

羅漢寺は山陽(21)の詩などでは殘山剩水(ざんさんじやうすい)とされてゐるが、その縁起(えんぎ)はずつと昔に遡(さかのぼ)つて行つてゐる。平安朝(へいあんてう)あたりまで行つてゐる。その點(てん)ではやゝ誇るに

(21) **山陽**
頼山陽（一七八〇―一八三二）。江戸時代の漢学者、歴史家。文政元年（一八一八）、耶馬溪を訪れ、景観に心奪われて絵と漢詩からなる「耶馬溪図巻記」を記した。それまで「山国谷」と呼ばれていた地に「耶馬」の文字をあて、「耶馬溪山天下ニ無シ」とよんだことから「耶馬溪」の名づけ親とよばれる。

足ると言つて然るべきであらう。何でもその起源は空也上人が錫を留めたあとにその後の僧が羅漢を彫刻したのに濫觴するといふ話であるから、やつぱり民衆と佛教とが互ひに相接近しやうとした時に出來たものであるといふことはそれは點頭かれる。つまり南都北嶺の宗教が政治化、軍事化した時に起つた新しい宗教の宣傳が此處までやつて來て、民衆佛教の新しいあらはれをしたその系統であるといふことがはつきりと指點される。

從つてこの羅漢寺は、耶馬溪の名がまだ世間になかつた時分――と言ふよりは、山國川が山水の勝地としてまだ誰れにも認められてゐない時分から、流行佛として、また北九州の一香烟地としてかなりにひろくその名を世間に知られてゐたといふことはそれと點頭かれる。それに、往昔にあつては、今の山國川に沿つた道路もあつたにはあつたが、耶馬橋から此谷を入つて、羅漢寺へと出て、それから宇佐の手前の四日市あたりに出る道が彦山への裏参詣路となつてゐたらしい。今日ではこゝから四日市に出る道などは知つてゐるものさへないくらゐであるのに——。

享和元年四月に、『筑紫記行』の作者の吉田重房が、宇佐から彦山へと志して、此間を通つて行つたことは、あまり人に知られてゐない。少しわき道に入るおそれはあるが、その時分の羅漢寺と耶馬溪との關係を知るに便だと思ふので、これを此處に引いて見ることにした。

四月廿三日卯刻過に立出て。四日市にもどりて。東の方の入口より南に曲て行。原中にて地は赤土なり。四十丁計行けばすべ村。人家十軒許道傍にさし出て茶屋もあり。此あたりより臍くりを掘出すといふ。即半夏の事なり。かくて道に小石多くなりぬ。十丁計行けば川あり。東の方に月形山あり。此山の根を川に沿て行く。此川を西へも東へも幾度も渡りて。ゆきくてくろう村に至る。人家二三十軒山の根に沿てたてり。さて是より川の中を道とし一里計り行。大なる小さきましりたる石高道にて。甚行がたし。からうじて阿蘇村に至る。路傍に二三十軒計商家茶屋もあるに。立入てしばし休みて半里計ゆけば山口村なり。此村は谷合にて人家二十軒計あり。是より山道を十町計登れば。櫻峠とてかりそめなる小屋を造りて。茶を賣る家貳軒あり。此所より南は中津領。北は公の御領なるよしのしるしたてり。しばし休みて坂を下りて。又半里計行て屋形村に至る。此あたり

(22) **羅漢寺**
暦応元年（一三三八）に開山の日本国内の羅漢寺総本山。岩窟の寺院。室町時代にこの地を訪れた僧は、天然の石橋、瀧などがある岩山の景観を見て中国の「羅漢の聖地・天台山」を再現した。中津市本耶馬渓町大字跡田。

［235頁に写真掲載］

(23) **仁王門**
羅漢寺の仁王門。室町時代、足利義満寄進といわれる。門内に石造仁王を配す。羅漢寺内。

［235頁に写真掲載］

すべて峻しく聳たる岩山多し。或は高さ數十丈の岩山の頂に面白き松共の。岩を衝抜て生出たちたるなど、見るに目醒る心地す。是より谷川の側をつたひて。川を右にもし左にもして度々わたりて。又山道を十町計登りて栗木峠に至る。此峠を三丁計下りて。又五丁計上れば。羅漢峠也。此あたり岩山の中に狭き道を切あけたるにて。険難しく行がたし。此峠を半里計下れば谷川あり。それより山の尾を廻りて五丁計り行けば。羅漢寺(22)の門前跡田村なり。(宇佐より是迄五里)此所は公の御領なり。未刻頃仁王門(23)の下なる松尾屋八右衛門といふを宿とさだめて。しばし休みて隨卽羅漢寺に參詣。抑 阿蘇村より此所迄希には家もあれど。茶屋商家などは絕てなく。草鞋一つも求めがたし。過來し櫻峠に家はありしかど。彼かりそめなる小屋なれば。旅人少き頃などは。時によりてはなき事ありときけば。此所に參詣ん人は。必阿蘇村にて其用意して。何をも彼をも調へ持べき事なり。險阻き山道の物すごきに。立より休むべき家もなくて。やう〲谷水を掬ひ咽を潤しつゝしのぎ來りし。甚わびしき道なりけり。斯て案内をとりて。仁王門の外なる左の方の道より參詣づ。老の坂とて[24]岩のみの山中をのぼる甚險し。少し登れば元結場とて。參詣の人みな元結を拂い上げる事なり。今は元結の上に紙を括りつけて登る。石の寶塔あり。(廻り塔といふ)此塔を三度廻りて行。それより極樂坂。さいの河原六地藏あり。石橋あり（さけうの橋といふ）岩山を切拔たる橋なり、三途川の姥。(石にてしたる姥の像なり）岩屋の内に彌勒菩薩。そこに一石一字の經塔あり。それより手の裏返

(24) **老の坂、元結場、廻り塔、極楽坂、さいの河原、弥勒菩薩、手の裏返し**　33～34ページにかけて、羅漢寺探勝道の景観を描いている。探勝道では天然の石橋や窟をたどることで、仏の教えが体感できる。羅漢寺内。
［236頁に写真掲載］

しといふ峻しき坂をおりて。橋の下を行まゝに見れば。石像のほとけあまた有。それより穴の地藏。穴の藥師、六地藏、座頭佛などいふ佛さへあり。其上の方に廣さ十間計にて。前の方に七八間計り指出たる岩の下に、廣さ七間に奥行貳間計の堂ありて。石の十王。千體地藏(25)を安置せり。堂の前をばかけ作りにしたり。其傍に寶筐塔。十六羅漢。例の石にてしたり。此所に高さ三尺計の櫻。岩の上に生たるを。玉垣を廻らしたるあり。岩櫻とて。往古より奇に枯れずといふ。又汐の滿干する岩あり。斯て山門に入れば撫犬と云あり。例の石にて爲たり。羅漢堂(26)は廣さ七八間。奥行五六間計なる岩窟の内なり。釋迦如來を正中にして。五百羅漢(27)。四天王。八大龍王。日天子。月天子。梵天帝釋。普賢文殊等を安置し奉れり。疱瘡佛と云ふ有。

(25) 千體地蔵

羅漢寺の千体地蔵。室町時代に作られた石仏群で、中央に大きな地蔵菩薩、前列に閻魔大王をはじめとした十王をまつり、その周りを埋め尽くすように小さなお地蔵様が約千体置かれている。羅漢寺内。［236頁に写真掲載］

(26) 羅漢堂

無漏窟（むろくつ）のこと。入り口には「救ってくださいますように」の願いを書いたしゃもじが飾られている。窟内には五百羅漢石仏が安置される。羅漢寺内。［236頁に写真掲載］

堂内に清き泉あり。甘露水といふ。それより切通しの道あり。針の講と云。上には梵字石。龍の頭。鐘樓。吹出しの彌陀などあり。座禪堂。阿彌陀如來を安置せり。かくて本堂に詣る。釋迦佛の舎利を供養せるなり。されば舎利殿といふ額をかけたり。此は黄檗大和尚の筆跡なり。奥の院には三十三觀音を安置す。堂の傍に經藏あり。それより磴道を下りて。仁王門を出て宿にかへる。この仁王も又石にてしたり。すべて此あたり岩山の中にて。山の内に廿四景あり。村の人家は谷の底なり。めぐりの岩山を見上たるさま得もいはず面白し。中にも村中にある一の岩山。手を立たる如く高く聳て。頂きには何を培にてか振よき松共生茂りたる。此は繪にうつすとも畫工も筆を可投おもほゆ。かゝる岩石の中に建たるなれば。かの本堂も座禪

（27）**五百羅漢**　室町時代につくられた日本最古の五百羅漢石仏。国重要文化財。羅漢寺内。［236頁に写真掲載］

堂も。皆數丈の岩窟のしたにて。佛神の御像も皆石を以て彫造りたり。巡り拜する道々の左右の岩にも數しらず佛像塔の形を彫。門前の道の左右にも。種々の佛像あり。すべて人力の及ぶ所にはあらじと思はるゝ程にて。殊に珍しき靈場なり。此羅漢寺は豊前國下毛郡にて。山號を耆闍窟山と稱す。寺領地方にて百石を領すといふ。延文五年に。照覺禪師。建順和尚。兩僧當山の開基として。鹿園院殿より山號寺號又額をも寄附せさせ玉ゐしとぞ。此地人家總て五六十軒皆農家にて、門前なる十軒計のみ宿屋茶屋を業とせり。宿屋の様座敷は大抵にてきたなくもあらねど。夜具を一人に一つゝより上はかさず。自然生の薯蕷をとろゝ汁にして。香の物一種にて夕飯をくはしむ。饗応粗糙なるさへあるに、家にいとも頑しき老婆ありて。

喧しくわめきちらす事秋蟬より甚しく。襖隔てゝきゝ居も心安からず覺ゆ。されど娘の出來て給仕したるが、極て美麗なるに少し心も慰みたり。誠や山中の清泉佳石の氣を受たるにや。膚の潔き事雪をも欺くべくつやゝかにて。目つき額のあたり愛敬あるなど。かゝる所にいでかくはと興さむるまで打驚かれ讃嘆せらるゝ程にぞ有ける。さて是より彦山に參詣んとして。あるじをよびて道を問へば。これより彦山への道二筋候らひて。一つはつきぬき道と申て山中の甚行がたくあしき道にて。其上蛭虻多く行人の患をなし候。これより行玉へば九里なり。一つは山國道と申て川に添たる道にて。十一里にて候なり。少し遠くとも同じくは無難なる方より行玉はん事宜かるべくやといふ。喜兵衞もさる事なりといふにまかせて、山國道をゆかんと定む。

廿四日卯刻過に、宿を出て。三丁計り山道を登りて又三丁計り下れば小川内村なり。谷川を渡りて十町計り行けば折元村。人家五十軒ばかりあり。（跡田より是迄半里）是も御領なり。川を渡り落合村をすぎて。谷合の山道を十町程登りて紀伊峠に至る。それより峻坂を十四五町下りて山道を廿四五町行けば戸原村。（折元より是迄一里半）是も御領にて驛なり。人家五六十軒まばらにあり。皆農家にて茶宿屋はなし。村を離るれば谷川あり、かちより渡る。くちの林村に至る。豊前の中津より豊後の日田に行道なり。人家四五十軒酒屋茶屋あり。こゝをすぎて二丁計り行て。川を渡りてその川にそひ行。右左の川岸皆岩山險しく峙て。行人の頭の上に落ちかゝるべく覺ゆ。左の方の川岸の岩石を切通し溝を作りて用水を取る所あり。猶此川下に珍しき切通しあり、長さ三百六十間濶は二間計にて。高さは乗掛馬にのりて通る程にて。其中には三間を隔てゝ明り穴を穿あけたりときく。それを見んには一里餘廻り道をすべきによりて得見ざるを。且は口惜く思ふ。かくて川に沿て十町計り行けば土屋敷村あり。又十町計り行けば柿坂村あり。此二村の間川岸の根に石を積み寄せて道としたるにて甚行がたし。川水増る時は行れずといへり。されど川中に面白き大石共の多くありて。景色のよきに心をなぐさめつゝ行。川の名をば山國川といふなり。又五六丁行けば南の方より此川に落合へる枝川あり、濶五間計かちより渡るに。水膝を越たり。五丁計り行けば鶴村なり。十丁許り行て又山國川をかちより渡る。此所川の濶二十間計水深うして股を浸し腰に及ふ。水の勢つよく甚危し。かくて十丁餘り行て宮園村に至る。（石原より是迄二里）驛にて中津の御領なり。人家四五十軒まばらにあれど。休むべき茶屋はなし。村をすぐれば川あり。拾町計り行けば又川あり。二つとも石を積上て柱として上に丸木をならべて其上に石土を布て橋とせり。是をすぐれば一つ堂村に至る。人家二十軒計りあれど茶屋はなし。又川を二つ渡りて中間村に至る。又五六町行て宇佐村に至る。人家二三十軒計り例の茶屋もなし、又行て平小野村に至る中津領なり。酒屋あれど茶屋はなし。又二十丁計り行けば吉の村。又三十丁許り行けば草本村。（宮園より是迄三里）此所は御領にて。驛なり。人家三四十軒まばらにあり。宿屋茶屋もなし。庄屋の何某が方にて驛の事を取扱ふよしなれば。立寄て人足を求むるに。主立出て(あるじたちいで)いと懇(ねんごろ)に恭(うやく)しくあへしらひ扱ゐて。前々江府(さきくえふ)に役用(やくよう)にて趣(おもむ)き候(さふら)ひし時。尾州(びしう)を通り名古屋をも拜見し侍(はべ)りしなり。見奉(みたてまつ)れば御荷物(おにもつ)も重げにて御供にもさぞ勞苦ならん。是所(こゝ)は人足をば左右なくは出さず候(さふら)へども。名古屋より來(き)たり玉(たま)へば例外の事なりとて。人をよび催促して。人足一人出しあたへたり。

かくて村を出離れて二丁計り行ば。山國川(やまくにがは)の川上に至る。川幅せばく水深く、青淵(せいえん)の色。藍(あゐ)の如(ごと)くにて。山城國の鹿飛(しゝとび)によく似たり。大岩あまた水中に錯落(さくらく)として。取々に面白きさまなるに。川水激流して白珠(しらたま)を成し兩岸の新樹の繁茂(はんも)の色に取合せて、誠に人工を以て取繕ひたる如きの自然の美景なり。兩岸より指出たる大石より川中の岩へ向て。蜘手(くもで)に三橋をかけたり。是より道の邊に漆の木のあまた見ゆ。葉は櫻に似たり。木には横さまに切目を所々つけ置て。切目よりおのづから漆のわき出るを取とぞ。又蝋はぜも所々に見ゆ扨又川を二たび渡りて十町計行くに雨降り出ければ。辻堂のあるにしばし立入て休む。かゝる程にやがて雨晴れぬ。又半里行けば細き川あるをかちより渡る。戸原より此所迄を山國谷といふなり。山の手なる村々に所々紙を漉者あり。いはゆる豊後杉原といふは。實は此所よりすき出せるなり。かくて川を渡れば川内村。（草木より是迄一里）此所も中津領にて人家五十軒計山の手にあり。皆農家にて宿屋なければ。庄屋の寳珠山三郎助といふに至りて頼みて宿る。今日はかの山國川を南へ北へ東へ西へ渡る事十四五度に及。道も殊に惡かりけり。よべの主が言葉の如くならば彼つきぬき道は如何にかあらんかと思はる。さて徒然なるまゝに。こよひも主をよび出して尋問へば。此村の本名をば槻木村と申し。村内の廣さ三里に二里人家所々に候らひて。すべて二百軒計り。田地の高三百石餘にて年貢百石餘り納め候。又山勝なる地にて。田畠少き故に。山中にて山藥細辛獨活等の藥草を採て業とし。或は炭燒。木地挽なども多く候。木地挽の運上は年ごとに轆轤一丁に四十三匁納め候といへり。豐前國毛谷村六助が事。太閤御誠錄と云軍書に出て。近頃浄瑠璃にさへ作りたる事をふと思ひ出て尋れば。其事にて候。是より一里北にあたりて。元槻木村と申すに七右衞門と申者代々村の長にて。是六助が子孫なりとかや申候。此七右衞門が家春の初に松飾を用ひずして。柴の把を門にたて候。家に系圖記錄も候ひしを。二十年以前火災にて。村中ことぐく焼亡せし時にほろび、失たりと申候。かの毛谷村は。此槻木村をけやき村とよみたる。誤にや候はん。又同じあたりに杉山と申所の候。かの杉坂も此事にやと申候。すべて慥成年は傳へも承はらず候とかたる。此主心篤實なる人にて。山谷僻地の事足らぬ中にて。種々心をつくしもてなし扱ひて古く垢つきたる木枕を。心遣して白紙に包みたるを見るにも。甚あはれに志の程のうれしかりければ

　旅まくらつゝむにあまる嬉しさはなさけもふかきやとのかりふし

枕に書付て臥ぬ。

廿五日。辰刻頃に出立て。ほそき山道を爪先上りに登り行。甚峻しき所も

あり。半里計り分入は内道山とて中津の殿の御林山あり。けさたちしより此所を谷川を五渡り。峠を越えぬ。漸々に山深く分入なり。又半里計にして岩の憩といふ所あり。これより谷川に添つゝその川を幾度も左右に渡りて。谷間の山道を分登る。椎かしは椴栂櫻槻木楓木等繁茂して。日光を蔽ひ隠す。谷川には大なる盆石を見る如き岩共所々に絶ず。是に目を悦ばしめ心を慰めつゝ行。かくて猶いく度も谷川を渡りて二十丁計登れば峠なり。右の方に一のたかの巣二のたかの巣三の鷹の巣とて三の山見ゆ。是より十丁計り急なる坂路を下れば。繁りたる杉林あり。此あたり早や彦山の境内なるべし。猶三四丁下りて又一丁計り登れば豊前坊の大門前なり、石橋を渡り石の鳥集石燈籠のある前をすぎて。二丁計磴を登れば御本社なり。拝殿御社ともに檜皮葺にて。御社は数十間の大岩の根に洞有てそれに御本社の破風をつけたり鐘樓休み所などあり。谷川の横きり流るゝに石橋をかけたり。かくて前の石鳥集の下にかへりて廣き道の兩側に杉の並立る所を四十丁ばかり下れば地藏堂あり。是より坊共あまたありて。七八丁にして彦山町に至る。

『又五町ばかり上れば羅漢峠也、このあたり岩山の中に狹き道を切りあけたるにてさかしく行き難し』なども面白い。また羅漢寺のすぐ下に松尾屋八右衞門といふ旅舍があつて、そこにとまつて翌朝羅漢寺に詣でゝゐるのも面白い。しかもこの路は本道ではあつたけれども、さう大して樂ではなかつたらしく『そもそも此所までまれには家もあれど、茶屋商家などは絶えてなく、草鞋一つもとめ難し。すぎ來し櫻峠に家はありしかど、かりそめなる小屋なれば、旅人少き頃などは時によつてはなきことありときけば、此處に參詣せん人は必ず阿蘇村にてその用意して何をも彼をも調ふべき也』など書いてあるのも面白い。

次に彦山に行く道をそこできくと、つきぬき道と山國道とこつ二つを宿の主人は教へてゐる。つきぬき道といふのは、今、津民から入つて行く道を言ふのであらうが、これが九里、近いには近いが、蛭や虻が多く容易に行き難いといふので、それで山國道を通つて行つてゐる形も興味を惹かずには置かない。

ことに羅漢寺の旅舍の條に、眼を睜はるばかりの美しい娘がゐたことを書いてゐるのなども非常に面白いことではないか。『まことや山中の清泉佳石の氣を受けたるにや。膚の清きこと雪をも欺くべくつややかにて、目つき額のあたり愛敬あるなど、かゝるところにいかでかくはと興さむるまで打おどろかれ』し旅の興がはつきりとそこに出てゐるではないか。

また山國道にかゝつてからも、今の川に沿つた道でなしに、近路を行つたらしく、落合から峠越しに口の林へと出て行つてゐる。それに酔仙岩あたりの岩石もまだ名所にはなつてゐなかつたにしても、かなりにこの作者の心を惹いたらしいのはその記事でわかる。たゞしそこに書いてあるトンネルは今ない。おそらく津民谷の山國谷に落合ふ向う側あたりにあつたのではあるまいか。また橋もなくて、ところどころ山國川を徒渉して行つた形も面白いではないか。

　しかし羅漢寺(らかんじ)の手の裏(うら)かへしあたりの光景は、今とその時分と大した變(かは)りはないらしい。やはりその『筑紫記行(つくしきかう)』の作者も私達(わたくしたち)と同じやうにその下のところからぢかに手の裏かへしとのぼつて行つたのである。私達が自動車をとめたその休茶屋(やすみちやや)が或(あるひ)はその松尾といふ旅舍で、そこに昔さうした美しい娘がゐたのかも知れないと思ふと不思議な氣がする。

　それにしてもこれを山陽の耶馬溪圖巻記(やばけいづくわんのき)(28)に比べて見る必要(ひつえう)がある。山陽が始めてこの谷に入つたのは、文政(ぶんせい)元年であるから、それよりもこの旅行記の方が十八年も早い。従つてその時分にはまだ耶馬溪などという名所にはされてゐない。唯の田舍、唯の岩山としてそこを通つて行く人の眼に映つてゐた

（28）**耶馬溪圖巻記**　頼山陽が絵を描き漢詩を添えた絵巻「耶馬溪図巻記」

だけである。つまり耶馬溪發生以前のさまがその中にそれと指ざゝれるのである。それが面白いと私は思ふのである。

それにしても耶馬溪といふ名は何處から起つたか。何ういふところからその名に呼ばれるやうになつたか。大抵は頼山陽がそれをつけたやうに言つてゐるが、果してさうか何うか。それについて、今度出かけて行つたのを幸ひに、それを土地の人に正して見た。しかしやつぱり本當のことはわからないが、山陽以前に耶馬といふ字が使われてゐたことはたしからしい。廣瀬淡窓の耶馬溪の詩も或は山陽よりも以前であつたかも知れない。それに、その以前の詩人の詩には、耶馬の代りに野間（やま）の二字がつかはれてゐるといふことである。從つて山陽以前にも、土地では面白い不思議な岩山だぐらゐには思はれてゐたのには相違ないといふことである。

六

あまりに長く横道に入りすぎた。

私達はそれからすぐ左を登つた。つまり手の裏かへしの方を先きにしたのである。次第にあたりの眺めが私達の前に展開されて來た。舊羅漢[29]を綴つてゐる紅葉がいかにも美しくまた美しく晴れた靜かな谷がいかにも穩かだつた。

私達は一歩のぼつては一歩休み、一歩休んではまた一歩のぼつた。K君は到

(29) 舊羅漢　古羅漢のこと。

るところで寫生帳（しやせいちやう）をひろげて鉛筆を早く早く走らせた。その帳の中にはあたりの風景が展開されてあるばかりではなく、またみづらしい岩石が寫されてあるばかりではなく、佛像も焦塚（しやうづか）の婆（ばゞあ）の像（ざう）もめづらしい草も木も皆なその中の一つの繪（ゑ）となつてあらはれてゐるのを私（わたくし）は見た。私達は嶺（みね）まで行つて、そこから鏈（くさり）をたよつて、自然洞橋（しぜんどうきやう）(30)のあるところへと下りて來た。

私達の間にはこんな對話（たいわ）が短く取交（とりか）はされた。

『でも、そんなにつまらなくないね』

『ウム』

『妙義（めうぎ）(31)だツて、これよりいくらか大きいくらゐなもんだからな』

『さうかな、僕はまだ妙義を知らないんだが……』

(30) **自然洞橋**　羅漢寺にある天然の石橋。本来の探勝道では、この橋の上をわたり、鎖を伝いおりて、橋の下をくぐり、山門へと進む。羅漢寺内。[236頁に写真掲載]

(31) **妙義**　群馬県妙義山

『兎に角、ちよつと特色があるよ。満更（まんざら）捨てたもんではないな・・・・。岩だつてちよつと面白いぢやないか』

『さうだね』

で、Ｋ君はまた羅漢像（らかんざう）の前に來ては、その顏が面白いと言つて立どまつて寫生（しやせい）した。

寺は大きな巖石の中に嵌められたやうになつて構へられてあつて、山門、鐘樓、本堂といふ風に一列に連つてゐる。ことに本堂の前からは落合谷が一面に展開されて、いかにも山の中と言つたやうな感じである。この眺（ながめ）を更に一歩ひろくしたのは、その上の方丈（ほうぢやう）から見下ろした眺めであらう。そこは流石（さすが）に世離れてゐて好（よ）い。唯（ただ）、寺の僧侶が寺を保存する經濟上金（けいざいじやうかね）なしにはむや

（32）**指月庵**　中津藩主小笠原氏によって羅漢寺奥に造られたが、その後建物は消失し、現在は紅葉の名所である庭園のみが残る。大正時代、耶馬渓など各地の鳥瞰図を残し日本の観光時代を支えた絵師吉田初三郎（一八八四―一九五五）はこの地で、生涯鳥瞰図絵師として身をたてる決意をした。羅漢寺内。［237頁に写真掲載］

みにそこに入れないやうにしてゐるので、それで世間に遍(あま)ねく知られずにゐるのである。

指月庵(しげつあん)[32]は是非行つて見るべきものであらう。わづかばかりの見料には代へられぬ眺めがそこにある。そこからは方丈室から見たものとはまた全く異つた方面を指點(してん)することが出來る。靜かな世離れた谷。山と山とに全く挾まれて了つたやうな谷。そしてそこには人家が二三軒ぽつりぽつりと立つてゐる。松の音がしづかにきこえて、紅葉(こうえふ)の色も世の常のものとは異つてゐる。

『好いね』

『靜かだね』

『坊主はかういふところは、金を取らなくては見せないやうにしてゐるんだね。それがいやだね』

『しかし好い……』

K君はわる口には滅多(めつた)に調子を合はせなかつた。

暫(しばら)く寫生(しやせい)してゐたが、

『酒はないかな。かういふところこそ酒がなくつてはいかんのだ……。酒が飲みたいな』

ひとり言のやうにK君がさう言つてゐるのを耳にして、

『酒？　ありませう。きいてきませう？』

案内者になつてゐる昨夜の旅舍の主人はかう言つて奥に入つて行つた。

やがて酒を徳利(とくり)に入れて燗(かん)して持つて來た。鯣(するめ)か何かも添へて來た。と同時に僧が畫帖を運んで來た。
『や、難有い……』
かう言つてK君はさも意を得たといふやうにして盃を把つた。
『やつぱり酒は旨いな。かういふところで飲むと……』
『本當だね』
私も二三杯盃を重ねた。
畫帖にも筆を振つた。
ところが、そこへだしぬけに入つて來た紳士があつた。
『やー』
かうその人は言つた。それは他でもなかつた。帝大の史料編纂にその人ありと知れてゐる鷲尾氏(わしを)[33]だつた。私もK君もよく氏を知つてゐた。

『やーこれはめづらしい！　奇遇だ』

『僕も新聞で君達が來てゐるのを見て知つてゐたけれど……またそこで君達が來てゐるといふのをきいたもんだからね……。本当に奇遇だ。愉快だ！』

かう言つて鷲尾氏はあちこちと古文書(こぶんしよ)を採訪(さいはう)してゐる話などをそこに持ち出して、『君達は日田にも行つたのかね。あ、さうか、これから行くのか。あそこは好いところだ……やつぱり淡窓[34]の塾のあつたところだけある。久し振りで詩が出來たよ』かう言つて氏はK君の寫生帖(しやせいてふ)にそれを書いた。

　私達はしかしいつまでもそこにさうしてゐるわけには行かなかつた。鷲尾氏は上流から下りて來て今夜は中津へ、私達は下流から登つて來てこれから

(33) **鷲尾氏**　東京大学の仏教史学者　鷲尾順敬。

(34) **淡窓の塾**　江戸時代の先哲・広瀬淡窓（一七八二—一八五六）によって、現大分県日田市に文化二年（一八〇五）に創立された全寮制の私塾「咸宜園」（かんぎえん）。国史跡。日本遺産に認定された「近世日本の教育遺産群」の構成要素でもある。日田市淡窓。［237頁に写真掲載］

山國溪を遡らなければならなかつた。で、淺く醉つて私達はそこを出て來た。

七

私達は自動車を下りた。

私はそこに一つのシインの展開されてゐるのを目にした。路はこつちから向うへと行つてゐる。そこに橋がある。橋の袂にすさまじい音を立てゝ一條の瀑布が斜に瀉ぎ下るやうに落ちてゐる。幅もかなりにひろく大きい。それに、その上部はすべて一面の平扁な岩石で、その上を綫を成して水が流れ落ちてゐる。いかにも清淺掬すべしと言つたやうな風情である。私達は崖を越したり岩をわたつたりして、それを眺めるのに一番好いところにと行つて立つた。

羅漢寺から歸らうとした時、H氏が『あ、あそこも見て置いていたゞから！』から言つてそのまゝ車掌に命じて私達を此處に伴れて來たのであつた。

『こゝは何といふところです？』

私は訊いた。

『DoMeKi(35)・・・・』

『どうめきつて何う書くんです？』

『洞鳴と書くんです』

（35）DoMeKi
洞鳴（どうめき）の滝。名勝耶馬渓「跡田川筋の景」の一部。中津市本耶馬渓町大字跡田。
［237頁に写真掲載］

『それでさう發音(はつおん)するんですか？』

『さうです……』

私(わたくし)はじつと立つて眺めた。別にこれはと言つたやうなところでもなかつたけれども、それでも何處(どこ)か纏(まとま)つたところがあつて、一幀(てい)の繪畫(くわいぐわ)たるに足るものがあるやうな氣がした。橋と道路のつり合(あひ)も好ければ、瀑(たき)の横に瀉出(しやしゆつ)してゐる形も好い。平扁(へいへん)な一枚岩(まいがん)の上に大して多量の水もなしに、さらさらと細に流れ落ちてゐるさまも決してたゞの溪流(けいりう)ではない。それに、橋に渡つた山の紅葉と一枚岩の傍(かたはら)の穂すゝきとの對照(たいせう)も面白い。

『これは大したもんではありませんけれど……』

何か申譯(まをしわけ)でもするやうな調子でH氏が言つた。

『さうですね。扇頭(せんとう)の小景には小景ですね。しかしつまらなくはありませんよ。これでも耶馬溪中の一景たるには足りると思ひますね』

『さうですかな』

『かへつて、かういふシインがあちこちにあるので、それで耶馬溪といふ圖(づ)巻(くわん)が複雑した感じを備へて來るやうになるのではないでせうか？』

『その通りです……』村の郵便局長で、長いこと耶馬溪の宣傳(せんでん)に力を盡(つく)し、『耶馬溪案内記』といふ本を書いたりしたO君(36)が傍(かたはら)から口を入れて『さういふ風に見ていたゞけば、一番好いんです……。何(ど)うもしかしさういふ風に見る人はありませんな』

『山國川(やまくにがは)の本流が唯(ただ)一筋流れてゐるだけだつたら、たとへもうすこし景色が

(36) O君　小川果仙（おがわかせん）。明治三十九年刊行の「天下第一乃名勝耶馬溪案内記」の著者。

すぐれてゐたにしても、激湍が多かつたにしても、かなりさびしいものになつて了ひますからね。だからこの支溪が澤山ある形が面白いのです。それも一つ一つ獨特のシインを具へてゐるといふ形が――』

『さうです、さうです……』O君は我意を得たと言はぬばかりに、『裏耶馬あたりに行くと、ことにさういふ氣がします。耶馬溪は本流だけを見たのではほんたうではない。それは不思議なところにその岩石の脈が行つてゐて、思ひもがけない趣を成してゐるんですから……。耶馬溪だつて、實はその支溪の一つなんですから……。裏耶馬には一つ是非行つていたゞきたい』

こんな話をしながら、私達はその靜かな、大きな一篇の小說の中の一つの挿話とでも言ひさうなその溪谷の中をあちこちと步いた。もし私が畫家でこゝの繪巻でも書くとしたら、本溪も本溪だが、却つてかういふ世離れた支溪の方にその力をそゝぐだらうなどと私は思ひながら徐かに自動車の待つてゐる街道の方へと戻つて來た。

八

今は殆ど旅人が通らなくなつて了つてゐるけれども、青の洞門あたりも、一度は歩いて見なければならないところだつた。私は初めて來た時にそこを通つた。

耶馬溪は前にも言つたやうに、樋田（ひだ）あたりから次第に好くなつて來つゝある。山村白堊（さんそんはくあ）と言つたやうな文人畫風（ぶんじんぐわふう）の眺めは既（すで）に樋田（ひだ）あたりから展開されて來てゐる。青の洞門に入らうとする少し手前あたりには、いかにも山口らしい嵐氣（らんき）が到るところに碧（みどり）を掩（ひ）いてゐるのを眼にした。

青の洞門をきりひらいた禪海和尚（ぜんかいおしよう）の事蹟（じせき）はちよつと面白い。菊池寛（きくちくわん）の『恩讐（おんしう）の彼方（かなた）へ』は實にこれを題材としてゐる。成ほど昔にあつては、さういふこともあつたらうと思はれる。人の心の奧の奧にはさういふ犧牲（ぎせい）的な尊（とうと）いものがある。唯それが現在の現象のために蔽（おほ）はれて、いつも出やうとして出ず、そのまゝ表面（へうめん）にあらはれずに終（をは）つて了（しま）ふことが多いだけである。江戸から來た仇討（あだうち）のものがそれを見て、感心して、その多年の恨（うらみ）を捨てゝそれを許したといふことは、やゝお芝居すぎて、拵(こし)らへ物のやうな氣がするけれども、それでも全然なかつたことでもないやうである。何等か、今傳(つた)へられてゐることとは異つた形式でその事實(じじつ)が行はれたことであらうと思はれる。兎(と)に角(かく)、今では羅漢寺(らかんじ)の下の禪海(ぜんかい)(37)の墓も新たに探し出されて、耶馬溪を見に來たものの必ず訪(たづ)ぬべきところになつてゐるのなども面白い。

青の洞門を出たところは、山國川の本溪(ほんけい)を正面にしたやうな形になつてゐて、ちよつとひろびろとしてゐて好い。向う側の岩石の形もこゝから見ると、ちよつと變(かは)つてゐる。鮎返の瀧(たき)の水の少くなつたのは惜しいが、それでもそのあとはそれと指すことが出來る。

（37）**禅海の墓**
禅海和尚が生前に造らせた墓は現在「禅海堂」におさめられている。市有形文化財。羅漢寺内。
［237頁に写真掲載］

九

洞鳴（どうめき）から歸（かへ）つて、晝飯（ひるめし）をすまして、旅舍の主人のために畫帖（ぐわちやう）などを書いてゐると、そこに自動車の支度（したく）の出來たことを報じて來た。

私達（わたくしたち）は溪の左岸を遡（さかのぼ）つて徐かに平田（ひらた）から柿阪（かきさか）へと行かうとしてゐるのであつた。

汽車は溪（たに）の右岸を綴（つゞ）つて走つてゐるので、その車窓から見た眺めは、多くは、左岸の上に欹（そばだ）つた巖石である。それは普通の旅客の眼にも映る眺めで、それだけでは物足らない。何うしても昔の人達の歩いたやうに左岸を遡つて見なければ本當でないと土地の人々は口を竝べて言ふのである。

日田から中津に通ふ街道――それは以前はかなりに賑かであつたらうと思はれる。無論昔のことであるから、橋なども完全ではないし、ところどころ徒渉しなければならないところもあつたので、車なども勿論通らうわけはなく、所謂草鞋と馬との交通路であつたに相違ないけれども、それでもその馬の鈴の音や、馬夫の鼻唄や、大小を挾んでタツツケを着た武士や、脚絆をつけて菅笠をかぶつた女達が絶えずそこを通つて行つたに相違ないと思ふと、跡も何もないその路も何となしになつかしさが感じられて來る。

今はさびしいその路である。たゞ竹のなびく音が微かにきこえて、その向うに溪が靜かに鳴つてゐるだけである。否、その前を遮つてゐる巖石の開けたり閉ぢたりする具合で、或は日が射して明るく、或は陰影を成して薄暗いだけで、たゞ一すぢの路がそれからそれへとつゞいてゐるのを見るばかりである。山畠には鳩が下りて居たり、手拭をかぶつた女が稻を刈つてゐたり、さうかと思ふと、向うから空車を曳いて鼻唄をうたつた男がやつて來たりする。いかにも靜かである。今の文化の世になつてから一層靜かになつたやうにすら思はれる。道ばたには小さな駄菓子屋があつたり、たばこやがあつたりするだけで、昔はさぞあつたと思はれる休茶屋などは一軒もない。こゝらに住んでゐる人達は多くは農と養蠶と殖林とで生活してゐるらしい。

上曾木の長淵、同じく猪の迫などといふところが、向う側にあるときいたが、行つて見ない。

自動車は徐かに徐かに、そのさびしい街道を轣つて行く。と、K君が『ちよつと―』と言つて聲をかける。ぴたりと車が留る。誰も默つてゐる。寫生帳の上を鉛筆の音がサラサラと走るのがそれときこえる。『よし』とK君がいふ。自動車はまた動き出す。

耶馬橋から七八町來たところに蕨野といふ土地があつて、そこに天長年間の節婦の遺跡がある。それは難波部首子刀自賣がその夫下毛郡の大領勝宮守の死後その節を守つて他に嫁さなかつたことを表旌したもので、天長四年春正月課税と田租を免ぜられたことが古書にそれと記されてあるのである。天長四年といへば、今から千百年餘を經てゐる。つまり淳和天皇の朝で、平安奠都（てんと）以來まだ何年も經（た）つてゐないほどのことである。良峰安世（よりみねやすよ）や小野篁（をののたかむら）などの居た時代である。それを考へると、何となくなつかしい。その時代にあつても、やはり此溪（このたに）やこの山はそのまゝで、その三日月神社のあるあたりに、その女の夫を思つて詠んだ『忘れずばたのみし人の俤（おもかげ）を一夜はうつせ三日月の池』のその小さな池が湛（たた）えられてあつたのである。それを思ふと、何となく不思議な氣がせずにはゐられなかつた。遠い遠い昔のあとがそこにある。

自動車を下りて、その社の前に行つて見る。池の跡らしいことはそれとはつきり點頭（うなづ）かれる。丁度三ヶ月形になつてゐて、その眞中（まんなか）に社があるやうになつてゐる。つい百年ほど前までは、境内（けいだい）に三ヶ月形の竹が生えて、それを花瓶（くわびん）などにして人が珍重（ちんちよう）したといふことである。歌枕（うたまくら）にもこの三ヶ月池は入つてゐて、歌も多く、土地ではまた土地で、豊前四名池の一つにしてゐるといふことである。

『やつぱり、男女のことは人を動かす力があると見えるね』

『本當だね』

こんなことを言ひながら私達はまた自動車の方へと來て乘つた。

O君は說明した。

『この三ケ月池といふのは、丁度この蕨野の地形が三組の盃のやうになつてゐて、その一番下のが川、中のが田、この池が丁度その一番上のやゝになつてゐるのです』

つまりその節女のまごゝろが、このあたりのシンボルとなつて、山には賢女岳といふ名をつけ、地名にはその夫が官をやめた時に冠を投つたといふので冠石野といふ名をつけ、巖にもまた冠岩といふ名を與へた。この他にも、それを縁故を持つたものが澤山あるらしく、現にその對岸の久福寺(38)には、その宮守の持佛であつた黄金の觀音佛を藏してゐるといふことであつたが、そこまでは行つて探つて見る暇がなかつた。

　蕨野を出たところから對岸の冠石野を見たあたりは、ちよつと眺めがひろびろとしてゐる。溪が大きく緩く折れ曲つてゐて、白堊がところどころに點々として綴られてある。村としての感じも、何處となく富裕で、人烟なども徐かに平和を語つてゐるやうな氣がした。

　このあたりに、篠觸の簗といふのがある。多志田とその對岸との間が二つ

（38）**久福寺**
羅漢寺の末寺。二つの丸い岩窟がある。窟内のお堂は大正十五年に耶馬溪鉄道のばい煙が飛び火し消失。再建したお堂には平安仏が納められ、天井画には「H氏」である「平田吉胤」の名が記されている。名勝耶馬渓「岩洞山の景」。中津市耶馬溪町大字平田。羅漢寺内。［237頁に写真掲載］

にわかれて、一つの中島を成し、そこに竹だの松だのが疎(まば)らに生えてゐるが、簗(やな)はその西の端にあつて、鮎がかなりに澤山(たくさん)に獲(と)れるといふことであつた。それにその向う側にある岩洞山久福寺(がんどうさんきうふくじ)は、かなりに古い寺で、その縁起は遠く養老年間(やうらうねんかん)まで遡(さかのぼ)つてゐる。そこにはその宮守(みやもり)の墓といふものもある。今でも當国(たうこく)三十三ケ所の一つに數(かぞ)へられてゐる靈場(れいぢやう)であるといふ。

此方側(こつちがは)で、川のぐるりと廻(まは)つてゐるところを立どまり(39)と言つて、あまりに岩石が見事なので此處(ここ)を通る時には誰でも立どまつて振返つて見ないものはないといふのでそれでその名に呼ばれるやうになつた。成(なる)ほどこのあたりは美しい。それに、この立どまりの岩石の下のところに竹が澤山に生えてゐて、それが戛々潺々(かつくせんく)の音を立てゝゐる。何でも言ふところに由(よ)ると、こゝの竹は

(39) **立どまり**
名勝耶馬渓「立留りの景」。約二五〇年前、大音響とともに山が崩れ現れた岸壁。思わず立ちどまってみるほどの景観から名づけられた。中津市耶馬溪町大字平田。
［238頁に写真掲載］

尺八材として非常に質が好いといふことである。それといふのも、こゝの位置が好く、谷川の水の音と馬の鈴の音と山寺の鐘の響(ひゞき)とがひとつになつて、何とも言へない一種微妙(びめう)な音を立てる。その音が竹の中まで沁(し)み込(こ)んでゐるので、それでこゝの竹で拵(こしら)へた尺八は他の竹に望むことが出來ない微妙な音を立てるといふので有名である。

H氏はそのあたりは自分の繩張(なはばり)だといはぬばかりに、車から下りて、寫生(しやせい)してゐるK君の側について、いろいろとあちこちの説明をした。

私(わたくし)はそこでその巖石と溪とを眺めながら、長い間じつと立ち盡(つ)くした。下には溪(たに)が一ところ岸に近く寄つて流れて、そこに風情(ふぜい)ある組橋(くみばし)(40)がかかつてゐる。路の左側には、刈り干した田の中に扱稲器(いねこき)を据(す)ゑられて、それを取巻い

(40) **風情ある組橋**　馬溪橋。大正十二年完成の長さ日本四位の五連の石橋。平田吉胤がかけさせた橋で、映画「男はつらいよ　寅次郎の休日」のタイトルバックに使われた。県有形文化財。中津市耶馬溪町大字平田～戸原。羅漢寺内。
[238頁に写真掲載]

（41）**西浄寺** 大内義弘が所領の菩提寺とした寺。大内義隆の扁額が残る。中津市耶馬溪町大字平田。［238頁に写真掲載］

て、一家族のものが頻りに収獲に忙しがつてゐる。その傍を日曜の紅葉狩の自動車が染めたやう楓を満載して通つて行つた。『扱稲夫妻不停手、道旁作圏到斜暉、輕車何識田園苦、衣黛羅裙楓挿歸』ひとり手にさうした詩が私の頭の中を流れて來た。

私はじつと立盡した。

橋をわたつて向う側に行つたところにある西浄寺（41）といふ寺のあるあたりも、ちよつと靜かで好かつた。大きな銀杏の木が一本その近くにあつて、それに午後三時過ぎの日影の一面に當つてゐたのを私は記憶してゐる。寺の鐘樓のところでは、K君が寫生して、『形が古いですね。たしかに面白い。....さう新しいものでありませんよ』などと言つた。大内義隆の自筆になつたといふ三慧山の門額の前でも、私達は長い間立つて、かうして自然の空氣の中に露出させて置いては遠からずダメになるなどといふ話をした。

『やつぱり副額にした方が好いでせう……。もとは金だつた奴がすつかり剝げて了つたんだから……。かうして放つて置くのは惜しい』

『さうですかな』

H氏とK君とは、こんな話をした。私は私で、北九州の地が曾て大内氏の勢力のもとにあつた時代のことをそこに持ち出した。大内義隆の最後のドラマチツカルであることなども私は思ひ出してゐた。

H氏は、此處での第一の富豪なので、すべて自分のことでも話すやうにしてあたりのことを話した。その寺についても、その村のことについても、そ

(42) **栗山大膳**　「黒田二十四騎の一人、栗山利安の子。「栗山大膳」は平田城で生まれた。

の向うに見えてゐる木の子岳のことについても、またその西の丘の上にある栗山大膳(42)の古城址(43)のことについても‥‥。何でもH氏はこの耶馬溪での舊家で、耶馬溪鐵道の一驛もそのため同名の一驛(44)を此處に置くやうになつたのだといふ。

その丘の上の古城址は、二三日の中にまた來て見ることにして、私達は再びその自動車の旅をつゞけた。溪は此處を出てから益〳〵その特色を發揮して、簗などもところどころにあらはれ、岩石も次第にその奇を増し、五龍の瀑(45)あたりに來ると、旅客も目を刮せずにはゐられないやうになつて來た。輻射谷もかなりに多く、中でも三尾母から來る支溪が一番深く、それをたどれば、杌淵だの城戸の瀧だのといふ奇勝があるといふことであつた。やがて例の山

---

(43) 古城址

平田城址。平田吉胤の土地であった城址。吉胤は田山花袋一行を城址に連れて行き自慢の眺望を見せた。小杉放庵(未醒)の「耶馬溪図巻」「平田古城八景」はここからのスケッチ。市史跡。名勝耶馬渓「平田城跡の景」。中津市耶馬溪町大字平田。[238頁に写真掲載]

(44) 同名の一驛

旧耶馬溪鉄道の平田駅。駅跡のプラットフォームは国登録文化財。中津市耶馬溪町大字平田。[238頁に写真掲載]

（45）**五龍の瀑**
五龍泉の滝。中津市耶馬溪町大字小友田～戸原。
［238頁に写真掲載］

（46）**雲華上人**
雲華上人（うんげしょうにん／一七七三―一八五〇）は、中津市にある正行寺の住職だった人物で、仏教や儒学のほか詩歌や書画に優れ、雲華をたずねて各地から学者や画人が集まった。頼山陽もその一人で、初めて耶馬溪にきたのは、文政元年（一八一八）、日田をたち雲華を訪ねる旅の途中であった。正行寺には雲華

陽が再遊の時雲華上人と駄樽に酔を取つたといふ口の林の聚落がその前へとあらはれて來た。

丁度午後五時すぎ、時刻も好かつたのであらうが、口の林から酔仙巖を經て、次第に山深く入つて行く感じはさすがに私を動かさずには置かなかつた。山と山とが重り合つて、そこに大きな巖石が簇々として群がり立つてゐる。夕日が斜に線を成して嵐翠の中にさし込んで來てゐる。實際山といふものは、深ければ深いほど好いので、その奥に測り知ることの出來ない奇景が藏されてあると思ふと遊興は忽ち募らずにはゐないのである。山陽もこのあたりは力を揮つて書いてゐるやうである。

『好いね、こゝいらは？』(47)

上人の書画が残り、毎年四月の雲華祭りで公開される。江戸後期の建物は国登録文化財。

［239頁に写真掲載］

(47) **こゝいら**

耶馬渓町柿坂あたり。朝天峰の景や大屋敷の景、烏帽子岳の景などに囲まれた場所で、川中には溶岩が冷えて固まった岩石が趣のある景観をつくる。

［239頁に写真掲載］

私は膝(ひざ)を並べてゐるK君に言つた。

『ウム』

K君はいつもこれだ。張合(はりあひ)がないが、しかし無闇(むやみ)に妥協(だけう)しないところがまた面白くないこともない。竹が多く日影がかげつたりまた明るくなつたりして、次第に酔仙巖(すいせんがん)の下のところへと自動車は進んで行つた。

『やつぱり、耶馬溪は岩石の耶馬溪といふ氣がするね』思わず私はこんなことを言つた。この中にはいろいろなことが籠(こ)められてあるのである。K君にもそれがわかつたらしく、『さうだ、これで、水が好ければ大したものだが——』

『日光のやうな水だつたら——』

K君には故郷だし、私には深い縁故のある土地なので、ひとり手にさうした言葉が出て來たのであつた。

『しかし、日光のやうな水でも、こゝには伴はないかも知れんな』

K君はやがて思ひ返したといふやうにして言つた。

竹が靜かに鳴る。水が微かに音を立てる。日影がチラチラする。山と山と重り合つた間から溪は幾重にも折れたり曲つたりして出て來る。ところに由つては、際立つて紅葉が紅く夕日に染つてゐるところがあるかと思ふと、巖が今にも上から落ちて來るかと危まれるやうなところもある。向う側には、蓋でもするやうに大きな巖石が欹つて、その下がいかにも暗い。そしてそこに津民の小さい停車場があるのと、渡しがあるのと、津民谷の一支脈が濺々として流れ落ちて來てゐるのがそれと微かに指さゝれた。

前の山が高いので、溪がかなりに遠く感じられる。それに勾配もこのところだけ急になつてゐると見えて、水が烈しい瀬をつくつて、ところに由つては、さゝらのやうになつて白く碎けて落ちる。昔城があつたといふあたりはいかにも險阻で、碧い竹と紅い楓とがそれを綴つてゐるさまがかなりに深く私の心を惹いた。

『こゝいらは、已に繪卷の中での中軸といふ氣がするね。深く入つて來たぢやないか？』

私がかう言ふと、H氏は、

『まア、さうでせうな、こゝらが中心には中心でせうな……。深瀬谷の方はあれはまた別ですから』

その折れ曲つた谷をぐるりと廻る。今まで右に見たものを今度は左に見るやうになる。竹は依然として多い。水は戛々として鳴つてゐる。と思ふと、急に山は開けて、前にいかにも山中の一驛らしい人家があらはれ出した。コバで葺いた屋根、木材の重つてゐる廣場、炭俵の高く積まれてある倉庫、それから宿驛らしい家屋が續々と兩側に庇を並べ出した。

柿阪に來たといふことは一目でわかつた。

(48) かぶと屋　耶馬溪町の料亭かぶと屋。中津市耶馬溪町大字柿坂。

一〇

『こゝは好い！』

私は二階の一間に來て、一番先きにから聲を立てた。

勿論、こゝは私に取つて初めてではない。私は二度目に來た時に、室がないと言ふのを無理に頼んで、この下の一間に雜魚寢のやうにして泊つたことがある。それは丁度この軌道が初めて此處まで通じた時からまだいくらも經たない頃で、このかぶと屋(48)にしても、街道の昔風の旅籠屋からやつと此處にこの二階屋を建てたばかりの時だつたので、日曜などには殆(ほとん)どこの二階屋が客で一杯になるといふやうな光景であつたが、それでも折角(せつかく)たづねて來たのだからと言つて、それに足弱(あしよわ)も伴(つ)れて來てゐたので、それで無理に頼んでそこに一夜を過させて貰つたのであつた。そしてその翌朝、この二階の客が立つて行つたあとで、あまりお粗末にしてすまなかつたと言つて、あの主人夫婦が私達(わたくしたち)をこの二階の一間に請(せう)じて、形ばかりの朝飯(あさめし)を食はせてくれたのである。兎(と)に角(かく)に嬉しい。その爺(おやぢ)も主婦も達者で生きてゐて、その頃四つ五つで、『西行(さいぎやう)さん、坊(ばう)さん、西行さん、坊さん』と不思議な田舎節(いなかぶし)で唄つてゐた男の子が今年十六で何處(どこ)かの中學校(ちうがくかう)に入つてゐるといふのをきくのはなつかしい。しかし爺(おやぢ)も主婦も私達のことは全く記憶(きおく)してゐないらしかつた。

(49) 朝吹英二

朝吹英二（一八四九―一九一八）は、耶馬渓町宮園出身で、日田の咸宜園や中津の渡邊塾・白石塾に学ぶ。福澤門下の大実業家。三井財閥や鐘紡の重役となった。

それは丁度五月の中旬だつた。新綠が見事で、水のかゞやきが美しかつた。また一日は雨が降つて、卯の花の歌を詠んだりした。耶馬溪がそれほどつまらない溪谷ではないといふことを私はその時初めて知つたのである。今にしてそれを思ふと、かうして三度此處に來る緣はその時旣に結ばれてゐたのである。

否、そればかりではない、私と柿阪の緣因は、明治三十一二年頃、大橋乙羽が朝吹英二[49]氏などに勸められて、かくれた溪山を更に寫眞に撮影するために此處にやつて來た時に濫觴してゐると言つて好いのであつた。乙羽は頻りに柿阪の勝を說いた。また柿阪に、かぶとやといふ旅舍のあることを說いた。從つてかぶと屋の名は、學生時代から私の耳に熟してゐたのである。

そこに最初の縁因（えんいん）が結ばれてある。それにかぶとやの主人も大橋乙羽（おおはしおとは）を知つてゐて、それで言つたか何うかそれは知らないが、兎（と）に角（かく）私（わたくし）が二度目に來た時に、頻（しき）りに耶馬溪に對（たい）する大橋乙羽の功蹟（こうせき）の永くわするべからざるものであることを爺（おやぢ）の說いたのを私は今でもちやんと覺（おぼ）えてゐるのである。それを思ふと、乙羽の魂も私を透（とほ）して未だに歷々（ありく）と生きてゐるやうな氣がするのであつた。

今ではこの二階は客でも多い時でなければ、あまり用ゐられてゐないらしかつた。全く母屋（おもや）から閑却（かんきやく）されてゐた。下には品の良い中爺（ちうおやぢ）がゐたが、それは主人の姉婿（あねむこ）に當（あた）る人で、それが留守番がはりにゐるばかりで、あとは母屋から小婢（こをんな）が一人通つて私達の世話をするばかりであつた。私とK君とは初めは床を並べて敷かせたが、何方（どっち）が早く寝て鼾（いびき）をかき出しても困ると言ふので、てんでにひとつの間を占領することになつた。兎（と）に角（かく）二三日落附（おちつ）いて、こゝを中心にして、あちこちに出かけて行かうと言ふことに一致した。

その二階――それは粗末なもので、肥つた體（からだ）で歩くとすぐがたがたと音を立てるやうなおかぐら二階であつたけれども、それでも何とも言はれない靜けさを私に與（あた）へた。私はよく下駄を突（つゝ）かけては、潭（ふち）の靜かに湛（たゝ）えてゐる方へと下りて行つた。私はじつと長い間そこに立盡（たちつく）したりした。

言ふまでもなく、それは所謂（いはゆる）賴山陽（らいさんよう）の擲筆嵒（ふですていは）(50)なるものであるが、鐵色（てついろ）をして潭（ふち）に臨（のぞ）んでゐる形はちよつと趣（おもむき）に富んでゐないことはない。しかし潭とし

(50) **擲筆嵒**
耶馬溪町の名勝耶馬溪「擲筆峰（てきひっぽう）の景」。頼山陽が景観の見事さに、描くことができないと筆をなげたとの逸話がある。県天然記念物のキシツツジが群生する。中津市耶馬溪町大字柿坂。［239頁に写真掲載］

ても、嵒としても、さう大してすぐれたものではない。初めて來て見たものを驚倒させるやうな大きさとか立派さとか怪奇さとかを持つてゐない。むしろ平凡にすぎてゐる。人に由つては、『何んだ！　こんなもの！　繪にも詩にもならないから筆を捨てたんだらう』などと皮肉を言ふものもないとは言へない。しかし三日ゐる間に私はすつかりその潭に馴染んで了つた。私はそこに行つて蹲踞んで魚苗の澤山行列を成して通つてゐるのをじつと見詰めた。

二

霧が深くあたりを籠めて、錆色をした潭が寒くその底に沈むやうになつて見えてゐることもあつた。さういふ時にはいかにも山村だといふ氣がした。霧の間から紅葉が微かにぼかしか何かのやうに見えてはかくれ、かくれてはまた見えた。林は已に半ば葉が落ちて、それを透して嵒やら村やら寺やらを見ることが出來た。ある夜は月が微かにその林の中を照した。

恐らく溪に沿つてゐるところで、これほど靜かなところはあるまいと私は考へた。已に溪があり水があつて、それでゐて水の音のきこえて來ないといふやうなところがこの他に何處にあるだらうか。それは上流の鐵橋のあるあたりでは、微かなせゝらぎが鳴つてゐて、靜かに耳を欹てれば、それが遠くきこえて來ないこともないのではあるが、概して水の音はそこにはないといふ方が適當であつた。

私は曾て耶馬溪について次のやうに書いたことがある。

耶馬溪はしかし矢張天下の名勝たるには恥ぢなかつた。或はこれを球磨川の峽谷に比す。或はまたこれを熊野川の谷に比す。乃至はまた東北信飛の深い溪山に比して見る、さうして見れば、無論餘りに淺い谷、餘りにあらはな谷、餘りに世間化した谷のやうに思はれるに相違ないが、しかしさうして比較して見るのは、初めて接した時の心持で、單にさうした比較で片附けて了ふことの出來ないやうな價値が、二度行き三度行く中に、次第に私の心に飲込めて來た。

耶馬溪の谷は、實はその淺いのを、またはその水の瀬の平凡なのを、または樹木の少いのを病とはしてゐないのであつた。何故と言ふに、溪(たに)の特色は、價値(かち)は、寧(むし)ろその岩石にあるのである。山の突兀(とつこつ)として聳(そび)えた形にあるのである。從(したが)つて淺(あさ)い谷が、潺湲(せんえん)とした水が却(かへ)つてそれに伴(ともな)つてゐるのである。

であるから、此處(ここ)では、決して急瀨本湍(きふらいほんたん)の奇(き)を見ることは出來ない。雲烟(うんえん)坌涌(ふんよう)、忽(たちま)ち晴れ忽ち曇るといふやうな深山の趣(おもむき)を見ることは出來ない。密林深く谷を蔽(おほ)つて水聲脚下(すいせいきやくか)にきこえるやうな世離れた感じを味ふことは出來ない、夏日(かじつ)の冷めたい清水に手も切るゝやうな快(くわい)を得(う)ることは出來ない。さうしたことを望んで、そしてそこに入つて行くものは必ず失望する。しかし溪流(けいりう)が處々(しよく)に點綴(てんてつ)して、白堊(はくあ)の土藏(どざう)あり、田舍籬落(でんしやりらく)あり、時にはトンネル、時には溪橋、時には飛瀑、時には奇岩といふ風に、行くまゝに、進むまゝにさながら文人畫の繪卷でも繙くやうに、次第にあらはれて來るさまは優に天下の名山水の一つとして數ふるに足りはしないか。賴山陽もさうした形を面白いと思つたのではないか。

私は私の乘つた軌道車が、樋田あたりから夜になつて、溪を一々仔細に目にすることの出來ないのを憾んだが、しかもその車に燈火がなく、外はおぼろ月夜であつたために、却つて兩岸の嶙峋を見得たことを喜ばずにゐられなかつた。以前見た耶馬溪ではなくて、奇岩突兀とした耶馬溪であつた。それが私に耶馬溪に對して正しい判斷を與へる有力な材料となつた。奇岩は一つ一つ夜の微明るい空を透して聳えて見えた。

従つて最初行つた時に、羅漢寺の岩石を平凡だと思ひ、妙義の一部にすら如かないと思つた心がいつかすつかり變つて、あの羅漢寺の岩石も、この溪の一部であるとして見れば面白くないことはないと思つた。柿阪から新耶馬溪の奥を究めるに至つて、いよ〳〵さうした私の考へは肯定された。耶馬溪は溪全體として面白いのであつた。其處に青い洞門があり、彼處に羅漢寺があり、またその一方に柿阪のやうな、いかにも山の宿驛らしい村落があるといふ形が面白いのであつた。こゝから一つ一つ、五龍の溪を離し、鮎返りの瀑を離し、帶岩を離し、津民谷を離して見ては、決して單獨にその勝を誇ることは出來ないのであつた。

私は山移川の谷もかなり深くわけて入つて見た。落合といふ村のあるあたりまで行つて見た。此處も矢張、耶馬溪の繪卷の一つのシインであるに相違なかつた。

ことに、私は柿阪のかぶと屋の靜かな一夜を忘れかねた。軌道が出來たので、その停車場の近くに新しい旅舍をつくつたが、それが丁度山陽の擲筆松といふあたりの溪潭に近いので、さゝやかな靜かな溪聲が終夜私の枕に近く聞えた。

そしてその溪聲は、耶馬溪の特徴を成してゐるので、決して日光あたりできくあの凄じい怒號でもなく、また鹽原あたりで耳にするあの潺湲でもなく、また上高地あたりで聞くあの嗚咽でもなかつた。それは靜かに囁くやうな溪聲であつた。

従つて、四季の中で、秋が一番美しいであらうと思ふ。紅葉の美は確かにこの谷の調和を保つであらうと思ふ。次には春が好いであらう。夏はこの谷の中はかなりに暑い上に、山が淺いために蟲が多く、それが灯の周圍にぱらぱらと集つて來て、とても靜かに坐つてゐることは出來なかつた。しかし、この谷では夏はかなりに旨い鮎が獲れた。津民谷で獲れるといふ鰻もあまりにしつこくなくつて好かつた。

私の三度目に入つて行つた時には、雨で、卯の花が白く咲いてゐた。『雨にあふもまたあしからじ卯の花の多き谷間の夕ぐれの宿』といふ歌を私は手帳に書きつけた。

この觀察はかなりに公平なつもりである。それに、今度來て、また三日そこにゐたために、更にいろいろなことを考へさせられた。

二

昨日は土曜日で、來る列車も來る列車も客を満載し、汽笛は頻りに鳴り、自動車の驛を走る氣勢がそのかけ離れた潭上の二階屋の一間までけたゝましく響きわたつてきこえ——私達の世話をしてゐる婢までも母屋のほうにかり出されて行つて了つて、手を拍いて呼んでも容易にやつて來ない許りか、夜になつてからも、母屋の方は一杯の客で、おそくまで酒に醉つた人達の聲がきこえてゐたりしたが、今朝（けさ）は早くから、ぞろぞろと林の中に人聲（ひとごゑ）がして、潭（ふち）を見に大勢下りて行く氣勢（けはひ）がした。

私はその聲に眼を覺（さま）して、夜着（よぎ）の中から半分體（からだ）を出して、よつぴて戸も閉めないガラス障子（しやうじ）からまだ薄暗い外を覗（のぞ）いて見た。

ぞろぞろ人の下りて行くさまが霧の深い葉の疎（まば）らな林の中におぼろげながらそれと見られた。さういふ人達は、トリップの朝の樂しみに、また若さの元氣に、床の中になどぐづぐづと寢てゐられないで、皆なかうして夜もまだ本當（ほんたう）に明けない中から出て來たのであるのを考へると、私にも若い時の旅のことなどが思ひ出されて、何となく羨（うらやま）しい氣がした。

さういふ人達は潭（ふち）に下りて好奇（かうき）にそこで顏を洗つたり、そこに澤山（たくさん）に泳いでゐる魚苗（めだか）をめづらしさうに眺（なが）めたり、霧の深い中に俯（うつ）向いて深呼吸をしたり、ねりはみがきをブラシの上に押し出してそれで歯（は）をみがいたり、仲の好い二人が手を組合せて林の中を歩いたり、女教師らしい女づれが心持好（こゝろもちよ）ささうに唱歌（しやうか）をうたつたり、髪を長くした男が群をはなれた一羽の鳥のやうにずつと向うの原の方に歩いて行つたりしてそこらを賑かにした。

　しかしそれも長い間ではなかつた。やがてガヤガヤ何か言ひながら歸（かへ）つて行つた。あとはしんとした。私は再びもとの曉（あかつき）の靜寂（せいじやく）に戻つて行つた潭（ふち）を頭に描いた。

一三

火を十納（じうのう）に入れて來（き）た婢（をんな）が、

『たうとうもどつてゐらつしやいませんでしたね』

『本當（ほんたう）だね。森町（もりまち）(51)の方にぬけて了つたかな』

『さうですね、屹度（きつと）・・・・』

『案内の男も歸（かへ）つて來やしないんだらう?』

『歸つて來ません』

---

(51) **森町**
玖珠町の森町。久留島氏の城下町。明治の大火で被災したが、大正時代、耶馬渓観光の入り口となった。明治末~大正期、まさに田山花袋たちが旅した当時の歴史的建造物が残る。玖珠町森。
[239頁に写真掲載]

『何か言づてがなかつたのかな』

『昨夜お話しましたね――おそくなるかも知れないつて――それつきりたよりはありません』

『それぢや、やつぱり向うに抜けたのかな？　それとも、山の中に泊つたかも知れないぞ？』

『山の中に泊るやうなところはないさうです……。やつぱり森町へ行つて泊つたんでせう？』

から言つて火を火鉢に入れて出て行からとするのを呼びとめて、

『昨夜は賑かだつたね……』

『え、え、土曜はこのごろは大變ですよ』

『昨夜おそくまで酒を飲んで騒いでゐたね。何ういふ人だね』

『教師さんよ』

『女教師も雑つてゐたんだね』

『さうよ、一緒になつて騒いでゐたわ……。此頃は、女の先生だつて随分お酒を飲んだりするのよ』

『面白さうだな……今朝も暗い中から大勢そこに下りて來たぜ！』

『さうでせう……』婢は行かうとしたが、

『でも、晝前には歸つていらつしやるでせうつて、あつちの方言つてゐらつしやいましたよ』

さういふ風に昨夜一夜その歸りを私達の待つたのはそれは無論K君だつた。

K君は昨日の朝案内者を伴れて裏耶馬（金吉溪）へと出かけて行つた。私もその時是非一緒に行きたいと思つてその仕度までしかけたのであつたけれども、體が肥つてゐる上に脚も弱くなつてゐるし、ことにその金吉溪は七里もあつて、それもその好いところは、伊福[52]から先き（伊福まで五里）だといふので、とてもついて行かれさうにもなく、却つてK君の足手纏になるのをおそれてそれで遠慮したのであつた。が、何となく私はさびしい氣がした。昔なら自分から先に立つてでも出かけて行つたであらうに、かうしてひとりこの溪上に居殘らうとは！　で、その日は一日その二階に籠つて、途中作りかけて來た詩を熱心に推敲した。

溪頭一茅屋、蕭々繞疏林、溪不綴潺湲、竹無戛玉音、嵒兀雲影斷、潭幽月

（52）**伊福**　「名勝耶馬溪　金吉谷の景」の一部である「伊福の景」。中津市耶馬溪町大字金吉谷。［239頁に写真掲載］

痕沈、乾葉知冬近、疏燈看霧深、古人曾擲筆、今我來對岑、車站時聞笳、荒驛夜似瘖、把酒何人醉、孤索悲此心、紅顏笑雖哄、白首涕滿襟、夜夜眠不著、朝朝夢難尋、我獨在溪上、朋昨問山陰　已滯兩三日、旅情如潭湛、

一四

二度目に來た時の旅行記は甚だ簡單なものであるけれども、此處にそのまま引いて見ることにした。それは耶馬溪の一夜と題したものである。

町のお祭か何かで、中津の停車場はひどく雜遝した。おまけに、雨はかな

りに強く降つてゐる。私達は耶馬溪に行く軌道の方へと行つて見たが、そこにも乘客が一杯押寄せてゐた。

漸く乘るには乘つたが、中々發車しない。あとからあとへと乘客が乘つて來る。大抵は祭禮を見に來た連中で、赤い腰巻をまくつた姐さんや、晴衣を着飾つた子供や、婆さまや、中には小學校の先生らしい人々もゐた。皆な腰をかけずに立つてゐた。

『ひどく込むわねぇ』

から一緒に伴れてゐた女は言つた。女の母親は小さくなつて隅の方に辛うじて腰をかけてゐた。これから山の中に入つて行かうとするのに、雨が止みさうにないのにも私達は心を苦しめた。

耶馬溪の谷の中にも、旅舎はあるに相違ない。しかし何ういふ旅舎が私達を迎へるであらうか。汚い蒲團、暗いわびしい室、碌々言葉もわからないやうな山中の民――かう思ふと旅の興も失せかけた。

暫くして軌道車は出た。鐵道馬車の少し早い位である。ぐるぐると、中津の町は見えてそして隠れて行つた。頼山陽の最初に滯在した寺が其處から近いといふ停車場あたりからは、松林が段々見え出して、向うに舊知の八面山がその城壁のやうな姿をあらはして來た。小さな停車場は停車場につづいた。そして一杯に乘つてゐた人達は一人下り二人下りて、これからそろそろ溪に入らうとするところにある停車場に行つた時には、もう立つてゐるものもなくなる位に車室はゆるやかになつてゐた。

雨も小降りになつた。

『好い鹽梅ね！』

から女は喜ばしさうに言つた。

やがて溪はその最初の潺湲を段々その前に展いて來た。村が山に凭つたり溪に枕んだりしてゐる。深く覗かれた谷には、瀬が白く美しく碎けてゐた。私は此の前に來た時のことなどを思ひ浮べてゐた。其時は、中津から川に添つて、暑い路を馬車で來た。福岡に男と駈落した村の娘の伴れて歸られるのと一緒であつた。娘はしほしほとしてゐて、伴れの男が氷を買つて呉れても、それを飲むにすら氣が進まないといふ風であつた。可愛い眼をした娘だつた。

『おゝ好い！』

から女が言つたので、氣が附くと、軌道車（きだう）はすでに美しい鮎返（あゆがへ）りの瀑（たき）を前にして、今しも樋田（ひだ）の洞門（どうもん）にかゝらうとしてゐた。山には山が重なり合ひ、雲はまたその山の上に坌湧（ふんゆう）した。

私はあちこちを女や女の母親に指し示した。『そら、そこの洞門の中を歩いて通つて行くんですよ。あそこに路があるんですよ。歩いて見ると、もつと非常に景色が好いんですがね。』

段々帯岩（おびいは）一帯の奇岩が、雨後の筍のやうに續々（ぞくぞく）としてあらはれ出して來た。あるものは簇（むら）がる雲の中から、或ものは連なる峰の上から、時には松をあしらひ、時には檜（ひのき）の木の林を靡（なび）かせつつ——そして溪（たに）は幾曲折（いくきよくせつ）してその間を流れて行つた。

樋田から羅漢寺に來た時には、薄暮の色が既に迫つて、村や、橋や、谷や、路がぼつとぼかしの中に見えるやうになつた。霧も薄くかゝりつゝあつた。

私は羅漢寺のある山のあたりを回顧して見たけれども、既にその髣髴をも認めることが出來なかつた。

次第に谷は夜になつて行つた。ある停車場に着いた時には、最早溪流の白い瀬をも見ることが出來なかつた。汽車がとまると、唯水の音が淙々として聞えた。

幸にも雨は晴れたらしかつた。手を窓の外に出して見た女は、

『あゝ好い鹽梅に止んだわ。』

と言つて、晴れてゐたら月がさぞ美しく渓(たに)を彩(いろど)るであらうと思はれるような、底に明るみを持つた空を仰(あふ)いだ。

『天氣になりさうね。』

『なるかも知れないよ。』

このおぼろ夜が、被衣(かつぎ)につゝまれたやうな茫(ばう)とした白い夜が私には嬉(うれ)しかつた。それに、さつきから氣にしてゐたが、三等室には電氣がついて居ながら、二等室には竟(つひ)に竟(つひ)に灯(ともしび)が點(つか)なかつた。

『つかないのかしら、えらい汽車の二等室ね。』かう女は私やその母親に言つた。

『闇の方が好いよ。その方が山や川が見えるよ。』

私(わたくし)はかう女に言つた。さつきあれほど乗つてゐた乗客は——三等室も二等室もない程乗つてゐた人達は、何時となく下りて、私達のゐる車室には、私達三人と他に一人隅に横になつてゐる男があるばかりであつた。

灯(ともしび)のない汽車は、茫(ばう)とした白い夜の中を靜かに走つた。川の瀬は白く、兩岸には、奇岩の兀立(こつりふ)してゐるのが微(かす)かではあるがそれも到(いた)る處(ところ)に指さゝれた。これも車中に灯かげがないお蔭(かげ)だなどゝ私は思つた。

津民(つたみ)の停車場を汽車が動き出したと思つた時、一隅に寢てゐた男はふと身を起して、

『今のは津民ですか！』

『さうです……。』

窓の外を覗いたり何かしてゐたが、それと知つて慌てたらしく、そのまゝ急いで下り口の方に行つたが『あぶないですよ！』と女や母親が心配して聲をかけるのも聴かずに、そのまゝばたばたと飛んで下りた。

女は立つて行つたが、覗いて見て『まあ、亂暴なことをするのねえ。飛び下りたんですよ。』

『何うかしやしないかしら・・・・危ないねえ。』

から母親も言つた。

『なァに、速力が遅いから大丈夫ですよ。』

『でも、ね、亂暴ねぇ、何うかしやしないかしら。怪我でもして倒れてゐやしないかしら！』から言つて母親はおぼろ月夜の路を窓から覗いた。

柿阪の停車場は灯に明るかつた。それに、空には月がおぼろに見えて、山村の藁葺の尖つた屋根や、灯にかゞやいた停車場の旅舍や、周圍をめぐる山などがそれと見えた。水聲はあたりに響くやうにきこえた。

かぶと屋――かう言つて訊ねて街道筋の或る古い旅舍まで私達は行つたが、『別莊の方へ』と言はれて、宿の提灯に案内されて、雨後の泥濘の路を溪聲の高い方へと私達はたどつて行つた。

夜露にぬれた叢があつたり、田の畔のやうな足元のわるいところがあつたりして、女は度々聲を立てたが、漸く私達は新しく建てたらしい深樹の中の灯の美しく見える二階屋へと案内された。

しかし來るのが遲かつたので、二階は皆なふさがつてゐた。『まア。兎に角』と言つて通された處は、宿の人達のゐる室のつゞきで、其處にすら浴衣がけになつた客が既に一人控へて居た。失望したけれども、何うするわけにも行かなかつた。かうした山の中に來ては、そんな贅澤なことは言つては居られなかつた。

しかし茶代を下した効目で、前にゐた客は、本店の方に行くことになつて、兎に角その一間は私達の占領することが出來るやうになつた。それに、宿の主人夫妻が何彼と親切に欵待して呉れた。後には、母親は、『田舍の親類にでも招ばれて來たやうな氣がしますね』などゝ言つた。

私は女と一緒に闇の中を溪の畔まで出て行つたりした。二階の灯は靜かに新綠の中に青く見えた。

風呂は五衞門風呂であつた。母親は出て來て勸めたけれど、『私はよすわ』と言つて女は遂にそれに入らなかつた。女は金盥に一杯湯を貰つて體を拭いた。

室が家の人達の室と續いてゐるので、亭主や上さんや子供達は遠慮なく私達の室に入つて來て話した。實際、母親の言葉通り、何處か田舍の親類へでも呼ばれてゐるやうな氣がした。室の隅には耶馬溪燒の廉い陶器や、西行の像を燒いた玩具や、いろいろなものが客に賣るために置いてあつたが、七八歳になる男の兒は、父親の此方に來て話してゐる傍に、それを持つてやつて來て『西行さん、坊さん、西行さん、坊さん』などゝ言つた。

夜は靜かに更けた。水聲が、私達の枕を撼すやうにした。

あくる朝は早く起きた。幸ひに天氣は好かつた。さわやかな朝日の光線は深く谷の中までさし込んで來た。深樹の綠に置いた朝露はキラキラと美しく光つた。

宿の亭主は私達を案内して、山陽の筆を擲つたといふ溪の畔へと伴れて行つた。二階の客の發つたあとでは『お構ひもしなかつた』と改めて私達をそこに導いて、津民谷で獲れた鰻などを馳走した。あつさりしてゐて旨い鰻であつた。

歸る時には、亭主はその男の兒を伴れて、停車場までわざわざ送つて來て呉れた。茶代の影響とは言へ、流石は山の中の質朴さであつた。『本當に、始め行つた時は、こんな山の家に泊るのかと思つたけれど、却つて呑氣で好かつたわねえ、旅はこれだから面白いのねえ』から女は言つた。實際さうであつた。昨夜は福岡で大盡でもあるかのやうな派手な泊り方をした。その前の宮島でも矢張さうであつた。それがかうして質朴な山中の旅舍にとまるといふことも旅なればこそと思はれた。

歸りは私達は窓から顏を離さなかつた。昨夜闇にすぎた谷には、目を眸はるやうな美しい瀬がそこにも此處にもあらはれてゐた。津民川の流れて落ちるあたりは殊に感じがすぐれてゐた。五龍の瀧は白い波頭を立てゝ見事に碎けてゐた。

次第に私達は山を出て行つた。

一五

Ｋ君は果してその日の午前十時頃に玖珠から乗合自動車で戻つて來た。

『やつばり森町まで行つたのか？　大變だつたね』

『何しろ、あとに戻るよりも先きにつき抜ける方が近いんだからね』

『やつぱり七里ぐらゐあつたんだね？』

『七里とはきかないだらう』Ｋ君は行縢をぬぎながら『何しろ、えらいところだよ。君は行かないで好かつた・・・・』

『そんなにひどいところかぇ？』

『何しろ、路がわるいからな‥‥。うむ、のぼるところもある。決して樂な道ぢやない。』

『それで、景色は？』

『さうさな、やつぱり深耶馬(しんやば)の系統だが、あれとは違つてゐるな。岩石などは丸で違ふな‥‥僕は考へたが、深耶馬と金吉溪(かなよしだに)との間にちやんと岩石のしきりが出來てゐるやうな氣がするな。裏耶馬(うらやば)には丸つこい坊主頭の格好をした岩が多いよ。それに、まつたく別天地(べつてんち)だ。謂(い)はゆる桃源(たうげん)だ。のんきなところだよ』

『水は？』

『水は大したもんぢやないな。伊福から先だつて、さうすぐれた溪流はないよ。それはまァ、耶馬溪は皆なさうなんだから、金吉溪だけをわるく言ふわけには行かないけれども、要するに潺湲とか嗚咽とかいふ種類だな….。やつぱり水よりも岩石だよ。世離れた感じだよ。日光の山奥などとは違った意味で、山の中だといふやうな氣のするところだよ』

『おもしろない』

『それはおもしろいよ。行っても後悔はしなかつたよ。』

『それから後藤又兵衛の墓(53)といふものは?』

『うん、ある….。石碑がある。伊福より少し先だ….字が違ってゐたりしてあやしいもんだな….僕はそれを寫生して來た』

(53) **後藤又兵衛の墓** 戦国時代の武将後藤又兵衛のものとの伝説がある墓。玖珠町側にある又兵衛が身を隠したという「竈ヶ窟」にも立ち寄っている。中津市耶馬溪町大字金吉谷。[239頁に写真掲載]

から言つてK君はその寫生帖をひろげた。

石碑には義乃智光居士と記し、上に梵字がある。銘には、居士俗名又兵衞不知爲何處之人、昔來此村寓居三年、其爲人志氣英發、武德俊高而眼光射人、憶諸侯大夫之逆遍居者乎、承應三年正月廿九日自殺于劔刄、因之里人慕古新建石碑資助冥福、寶曆十三癸未歳六月領主金吉村伊福茂助、から書いてある。それがちやんとあたりのさまと一緒に寫生されてある。

『あまり信用は出來んね』

『その妾がさういふものを立てたんだッて言ふぢやないか』

『さうも言つてゐる。大阪が亡びた後生きて此處まで來たか何うかわからないが、何等か少しは緣故があつたらしいな……歷史家の後考を待つね』

K君は猶ほ言葉をついで、『それからあちこち歩いたよ。立羽田[54]といふところにも行つたよ。池もあるにはあつたが、もう一つ本當に好いやつがあるらしいんだが、案内者もよく知つてゐないんだからダメだよ。坂上[55]、鶴原[56]なんて非常に好いところがあるんださうだが、土地のものはそんなところを好いところともなんとも思つてゐず、此方から入つて行つた二三のものが勝手に名をつけて名所にしたんだから、誰もきいたつて知りやしない。つまり行つて見てわかるが、裏耶馬、裏耶馬ッて宣傳だけは大きいが、まだ行つて見た人はいくらもありやしないんだよ……。でも、一度は行つて見て後悔はしないね。別天地は別天地だよ』

から言つて寫生して來た坊主子が淵だの、大きな丸い岩の氣味わるく立つ

(54) **立羽田**

名勝耶馬溪「立羽田の景」。長さ一㎞の範囲で、折り重なり起立する岩奇秀峰が連続する裏耶馬溪を代表する景勝地。玖珠町古後。

［240頁に写真掲載］

(55) **坂上**

名勝耶馬溪「坂の上の景」。玖珠町大字山下。

(56) **鶴原**

名勝耶馬溪「鶴ヶ原の景」奇岩群に囲まれた鶴ヶ原の池の一帯で、久留島公別荘跡がある。玖珠町大字太田。

［240頁に写真掲載］

てゐるところだの、橋だの譚だのをそれからそれへと展げた。案内者が一緒に歩いてゐる人が誰れだかといふことも知らずにいろいろなことを話しかけたことだの、坊主子が淵の狸が人をばかしてよくそこにある岩からポチヤンと音を立てゝ飛び込んだ話だの、物が食へずに飢えて火のつくやうに泣きながら死んで行つたある子供の怨靈が今だにこの村の中に殘つてゐて、何うかすると他から入つたものがそれに取憑かれると、腹が減つて腹か減つてしやうがないといふ傳説があるので、夕方になつて、物を食ふ店も何もなく、ヘトヘトになつて歩いてゐる時には、これは干虫に取憑かれたかしらなどと本當に思つたなどとK君は頻りに興づいて話した。

『それは面白かつたな……』私は何んなに苦しくつても一緒に行つて見れば

好かつたと思つた。

『それに彦山らしいものが見えたよ』

『フム』

『本當にさうだか何うだかわからないが、兎に角、彦山でないにしても、彦山のつゞきには違ひないと言つてゐた……これがさうだ……』亂山の中に獨立してゐる山がそこに寫されてあるのを見た。

　兎に角K君だけでもそこまで行つて見たといふことはわれ等のために氣を揚げるに足ることだつた。恐らく知名の畫家で裏耶馬に入つたものは、K君がその始めだと大書しても決して誣言ではないだらう。

丙寅十月偕小杉未醒遊耶馬溪、問訊殆遍、惟體胖不能到裏耶馬、乃由未醒所言記之、

朋回自山陰、爲我語溪奇、境少人多石、邑負丘憑埤、始惟僻村耳、水不過細漪、巖石復平凡、數里多土陂、至僧淵梢異、潭兼橋共披、瑩澈水引帊、平盤形如匜、從是數溪開、處々輻射敍、石或立巨僧、巖或伏怪獅、至伊福益窮、溪縮如綠瓷、不復聞潺湲、只石看魚麗、鷄犬已無多、茅屋若散棋、桃源成別區、語言遠晋時、地存一片石、謂是勇士碑（山中存稱後藤又兵衛墓碑者）讀來字如繩、眞僞未可知、或曰所遺妾、訊故來此陲、埋髪作小墓、憑之慰其悲、路曲復憑丘、溪已全暌離、家隔不見人、亂山竝如鬐、中微認遙碧、便是彥山肢、

(57) A氏
朝吹亀三（朝吹英二の養甥）

(58) F君
藤見氏か（小杉放菴記念日光美術館所蔵の小杉放菴の日記参照）。

一六

ある日はH氏に招かれて、あと戻りをして平田へと行つた。H氏やK君は途中を猶細かく探るといふので、下駄ばきで出かけて行つたが、私は體が肥つて歩けぬため、馬車を一臺買切つてA氏[57]やF君[58]と一緒にそれに乗つて出かけることにした。

ところが、その馬車ががたくらである上に、馬が勞れてゐてとても御者の言ふなりに動かない。路も凸凹してゐる。ともすれば、肥つた體が毬か何ぞのやうに投りだされはしないかと危まれる。それも溪に添うやうになつてからは、一層さうした危險が加はる。この位ならば一そ自動車の方が好かつたなといふ不平も出て來た。

　で、何うすることも出來ないので、ぐるぐると溪に沿つて折れたり曲つたりして、例の昔城が構へられたあとだといふあたりまでやつて來た。丁度午後の四時すぎで、溪の半は日に照され、半は巖石に蔽はれて、感じが深く、且つ靜かに、いかにも山の中に深く入つて來たといふやうな氣がした。水の色が岸の楓葉と相映じてゐるさまも捨て難かつた。

　ふと氣がつくと、向うに津民の停車場が見えてゐる。と、A氏は急に、

『いつそ、あそこから、汽車にしませうか？』

『それは好いですが、向うにわたれるんですか?』

『そこに渡しがあります・・・・』

『それぢやさうしませう。この馬車は苦しい。まごまごすれば腸が捻れるやうな目に逢はないとも限らない。』

『本當です』

御者の爺は口の中で何か不服らしいことを一言二言言つたけれども、しかもそんなことには頓着せずに、私達はその溪の畔に行くとそのまゝ急いでそれを下りて了つた。

私の眼は忽ち一つの長い針金の線がその溪の上に半ば弛むやうになつて掲げられてあるのを見た。そしてその針金の線の向うには何の事はない箱のやうな船が一隻漂つて繋がれてあるのを見た。

『あ、これは面白い・・・・』

こんなことを言つて、私は先に立つてその輪のついてゐる、たぐればさう大して力を要せずに此方に舟の寄つて來る針金を引いた。

舟はすぐ此方側に來た。

『成ほどこれは好いことを考へてゐる！』

F君もこんなことを言つて皆してその舟に乗移つた。

停車場に行つて見ると、下りがまだ三十分ほど間があるので、それを待つ間に、津民谷の本溪の落合ふところに架つてゐる鐵橋のあたりまで行つて見たりした。しかしそこには大した眺めもなければ、これといふ潺湲もなかつた。煤烟(ばいえん)に汚(けが)れた石を傳(つたは)つて水が纔(わづ)かに微かな音を立ててゐるばかりであつた。唯、この附近の兩岸の山が他とは違つて深く溪を壓迫(あつぱく)してゐるやうに欹(そばだ)つてゐるので、何となくあたりの空氣が濃かで且つ影が深かつた。驛前の奇(き)嵒(がん)が半ば蔽(おほ)ひ冠(かぶ)さるやうに聳(そび)えてゐるのもおのづから仰がれるやうな氣がした。

津民谷(つたみだに)はかなりに長い。それを仔細に探れば、見るに値ひするやうなところが澤山(たくさん)に澤山にある。机淵(つくえがふち)、鳴瀬(なるせ)、琵琶淵(びはふち)などといふのが卽(すなは)ちそれである。そしてそれを猶(な)ほ溪(たに)に沿つて行くと、おのづから彦山(ひこさん)の近路(ちかみち)になつてゐて、守實(もりさね)の手前の朝日橋(あさひばし)から入つて行くものよりも何うしても二三里は近いといふことである。それに、この谷では鰻が多く獲れる。木材なども此處(ここ)を運搬口としてかなりに多く伐り出される。

A氏が一緒だつたので、驛長や驛員が何彼と欵待振を發揮して、椅子を二つも三つも持つて來て呉れたりなどした。三十分は時の間に過ぎた。やがて溪に傍つて汽車の動いて來るのが見えた。

一七

平田驛で下りて、そこで聞いて見ると、徒歩隊の一行はついさつき此處に來て城跡[59]の方へ行つたと言ふので、私達はそのまゝそのあとを追つて行くこ

---

(59) **城跡**
平田城跡（43に同じ）

とにした。

明るい夕日が山の中としてはいくらかひらけてゐるその土地を照した。路(みち)傍(ばた)の草も木も皆紅葉(かうやう)して、それが丘ぞひの竹の碧(みどり)と相掩映(あひえんえい)して、一種言ふに言はれない秋の靜けさをあたりに展(ひろ)げた。と、向うに大きな松の二三本生えてゐる平扁(ひらた)いた丘が見えて、その半腹の草原や篠(さゝ)むらの中にその先行隊の人達がポツポツと縫うやうに見えたりかくれたりして歩いて行つてゐるのが見えた。

『あ、あそこにゐる』

私達はかう言つた。しかし別段急ぐでもなかつた。靜かに田の畔(あぜ)のやうなところを通つたり、小さな竹藪(たけやぶ)に添つたやうなところを掠(かす)めたりして次第にその丘の上にのぼつて行つた。下には平田の一聚落が大きな瓦葺の屋根だの白堊の土藏だの、かと思ふとたしかに寺の山門らしいものだのを展げて、その向うに、山國川の流れが帶のやうに緩く取巻いてゐるのが見えた。『この間あそこを通つたんですね』こんなことをあとから來たF君が言つた。

いかにものどかな、靜かな明るい秋の一日であつた。夕日の影をチラチラさせる嵐氣もなく、をりをり物好きに竹むらを驚かして行く風もなく、あらゆるものがすべて落附いて、默つて、しんとして、銘々その自分の持つたものに滿足してゐるやうに見えた。丘をヂツクザックに綴つてのぼつて行つた路は、やがて昔の城跡の方へ私達を伴れて行つた。

H氏がひとり群に後れて、にこにこしながら私達の合して行くのを待ち受けた。

『早かつたですな』

Ａ氏が聲（こゑ）をかけた。

『君方の方が早う來るかと思うたのに……』

『津民（つたみ）で下りを待つてゐたで……』

『お……汽車で來たんけぇ……馬車ではなかつたのかぇ？』

城址の中はしんとして、靜かに斜に夕日がさし込んで來てゐた。そこには城であつた時代のさまをも或（あるひ）は見たであらうと思はれるやうな大きな松が二三本幹をそばだゝせて立つてゐて、その向うに溪（たに）やら邑（むら）を隔てゝ、さう大して高くも大きくもない山脈がやつぱりやわらかな落附いた線で屛風（びやうぶ）でも立て廻(まは)したやうに靜かに取巻いてゐるのを目にした。

『これは好いですな』

　私(わたくし)も思はず聲(こゑ)を立てた。

　と、H氏は自分のものでも褒(ほ)められたやうに、『好いでせう？　やつぱり耶馬溪もかういふ眺望臺(てうばうだい)を澤山に開くやうにせにや、本當のことはわからんけに――』から言つてその城であつた時代のことだの、江戸時代のことなどをそこに持ち出した。この城は以前は宇都宮(うつのみや)氏のものであつたのが、黑田(くろだ)が中(なか)津(つ)を持つやうになつてから、その家來の例の栗山大膳(くりやまだいぜん)が此處にゐることになつたらしいなどとH氏は話した。尚(な)ほ奥に連つてゐる半(なかば)は草藪(くさやぶ)で半は雜木(ざうぎ)林である方を指して、『何でも、あの邊(へん)が本丸になつてゐたらしいですよ。‥‥

（60）**停立岩**　名勝耶馬渓「立留りの景」。（39）に同じ。

（61）**寺**　久福寺（きゅうふくじ）。（38）に同じ。

追手の門が向うにあって、その低いところをずつと入つて來るやうになつてゐたらしいです。・・・・馬場もあそこいらにあつたらしいです。』などと説明した。

H氏の先に行つてゐるひとりの婢（をんな）が毛布とかさね重箱を包んだものを持つてゐて、主人の命令する場所にそれをひろげやうとして待つてゐたが、やがてそのはづれのところ——停立岩（ていりつがん）(60)のところから川がぐるりと向うに折れて曲つて、例の宮守の墓のある寺(61)の方までずつと一目にみわたされる位置に來て、そこにそのピックニックの毛布を開かせた。もう一人の方の婢は持つて來たビイルの罎（びん）を二三本そこに置いた。

皆（み）なはそこに寄つて來た。あちこちと寫生に忙しいK君——ことに由つたらこゝから見た全景をひとつの繪巻(ゑまき)(62)にしやうとしてゐるK君もやがてその帖(ノート)を収めて此處(ここ)にやつて來た。『サア、一つ』などと言つてコップがそこにも此處にも置かれた。婢(をんな)はむつつりした顔でその酌をした。

かうしたピックニックの中にも、土地の富豪(ふうがう)らしいH氏の感じが名殘なくあらはれてゐるのを私は見落さなかつた。重箱の蒔繪(まきゑ)、小皿の由緒(ゆゐしよ)ありげな彩陶(さいたう)、用意されて來た御馳走の中にも、心をこめたらしいものが入れられてあるのを見た。私達(わたくしたち)は何とも言へない落附(おちつ)いた氣分で、もはや夕日の光線の殘り少なになつたあたりの溪山(けいざん)を眺めた。

K君は二三杯コップを空けた後で、また氣にかゝるといふやうに、その帖を出して、今度は木(き)の子(こ)が岳(だけ)の方面を熱心に寫生した。

(62) **絵巻**
小杉放菴「耶馬溪図巻」。平田城跡からの景色を中心に描いた巻物。「耶馬溪紀行」のワンシーン「平田城跡でピクニックをする田山花袋一行」も描かれており、放菴（未醒）は平田吉胤にプレゼントした。［240頁に写真掲載］

（63）**H氏の邸**
平田吉胤の住宅。三階の広間は三方に視界がひらけており、周囲の景観が楽しめる視点場でもある。国登録文化財。中津市耶馬溪町大字平田。
［240頁に写真掲載］

日は次第に暮れつゝあつた。もはや全く夕日の光線はなく、西の柿阪方面の山巒がその夕暮の空を地に、いろいろな形をした奇巖を黒く面白くあらはしてゐるのをそれと微かに辨ずるばかりであつた。私達は詩を吟じたり口笛を鳴らしたりした。興は容易に盡きなかつたけれども、もはや全く日が暮れかけて來たので、そのまゝ東の道を取つて、ぐるぐる廻るやうにしてその丘を下りて來た。麓の人家のところでは、農夫達が收穫に忙しくまた稲扱器を廻してゐたが、それがH氏とH氏のお客であるといふことを知ると、皆な手を留めて丁寧に辭義をした。

H氏の邸[63]では歡迎の酒の席が私達を待つてゐた。

一八

一日はA氏が私達をその上流地方へと伴れて行つた。

A氏の邸は柿阪から一里ほど上流の下郷にあつた。やつぱりその土地の富豪であるばかりではなく、そこからは今は故人になつたが、例の實業界の雄である朝吹英二氏が出てゐた。大橋乙羽もその緣故で此處にやつて來たのであつた。私達は自動車で下郷へと向つた。

深瀬谷に入る路が左にわかれて行つてゐる。こゝまでは深耶馬に行くものはだれでも來るが、それから先きには普通の遊覽者は餘り多く行かないやうである。覗岩、菅公廟、夫婦岩、それから十町ばかりで樋山路に淨眞寺がある。そこは山陽が雲華上人と一緒に文政九年十二月十一日再遊した時に一宿した寺である。

それから大久保の松岳には大神宮が祀つてある。一つの丘を成してゐて、古松が非常に多い。そこにも是非のぼつて見る必要がある。多少の眺望があつて、決して遊客を失望させない。例の裏耶馬――金吉溪はこゝからずつと深く入つて行つてゐるのである。

金吉溪のことはK君の話に由つて已に書いた。

大島に來ると、そこに、雲與橋の勝がある。橋があり、柳があつて、いかにも往昔の日田街道の一驛を思はせるやうなところである。溪はこゝに來てちよつと開けて、また更に下郷の溪山を展開して行くのであつた。A氏の邸はそれから少し行つたところにあつたが、そこで一先づ自動車をとどめて、その溪に臨んだ瀟洒な一室で茶を御馳走になることになつた。

あたりは靜かで好かつた。今日では、遊客はもはやこゝまでやつて來るものは少く、徒らに紅葉が美人の裳のやうな色をあちこちにひろげてゐるばかりであつた。軌道の汽車が小さな箱のやうな車に煤煙を揚げて通つた。

そこからはA氏が一緒に自動車に乘った。

あたりはいかにも全く山村といふ感じであつた。そこゝに聚落がかたまつてゐて、細い烟が微かに茅葺の屋根から颺つてゐる。雲八幡宮(64)の境内は流

(64) **雲八幡宮**　耶馬溪町宮園の雲八幡宮。耶馬溪一歴史の古い神社といわれる。平家の落人が河童になった河童祭りの一つ「宮園楽」(県無形)が上演される。中津市耶馬溪町大字宮園。[240頁に写真掲載]

石に幽邃で、そこに簇生してゐる杉の古樹には数百年を經過したものが多かつた。此處を出ると、溪がまた大きく曲つて、今まで見えなかつた奇巖が簇々としてその前にあらはれ出した。鳶城、屛風岩などといふのがそれである。古い城のあとだと言はれてゐるところなどもあつた。

昔、行旅が馬で通つた時分には、こゝいらは皆な徒で渉つたものであるといふやうなところが次第にそれと指さゝれて来た。さういふところは、岩石が大抵は高く聳えてゐたり、路が通るにも通れないやうになつてゐたりしたのを、皆なダイナマイトで、その岩石を割つたり穿つたりして、時にはトンネルをつくつたりなどして辛うじて通つて行くやうなところが多いのであつた。『筑紫紀行』の中にも、守實まで行く間に、度々溪を徒渉したことが書いてあり、時にはその深さが膝に及んだことなどが記されてあるが、それに由つても、その當時にあつては、水などが出てはとても通つて行くことが出來ない街道であつたことがそれと察せられた。Ａ氏は一々私達のために、その岩石の名を擧げたり、その由來を語つたり、その風景を指點したりしてくれた。しかし自動車でかうして早く通つて行くのでは、とてもはつきりとそれを覺えることが出來なかつた。私はたゞトンネルを出たところの溪の美しかつたことと、竹やぶがずつと長くつゞいてゐたところから纔かに殘流を望んだやうなところと、とある村が川の中島のやうになつてゐて、長い橋がこつちから向うにかけられてあつたのと、名は忘れたが、一幅射谷が南から流れ落ちてゐて、それをつたつて行くと金吉溪の方へも行くことが出來るなどと

（65）宜園
咸宜園（34）に同じ。

（66）村上姑南

村上姑南（こなん／一八一八―一八九〇）現在の中津市山国町出身の儒者。廣瀬淡窓の咸宜園に学び、第七代塾主となった。

言はれたことと、そのくらゐのものしか覺えてゐなかつた。さう言へばもう一つ、日田の淡窓の宜園(65)の高弟の村上姑南翁(66)がこゝの出身で、その遺族は今は此處に住んでゐないけれども、兎に角あそこがその邸址で、私などは子供の時分よく此處まで通つて教はりに來たものだとA氏が話したことを記憶してゐる。A氏は話した。『兎に角村上先生は淡窓先生の養子になるところだつたほどの人なんですから、塾頭をしたこともあるんですから……。私などが知つてからは、もう隨分お爺さんでしたけれども、それでも諄々として教へて倦まないといふ風でした。ですから、此處等の人は村上先生の教へを受けないものはないくらゐです』私はさうして昔の學者のあとがかういふところに殘つてゐるのをなつかしまずにはゐられなかつた。

守實に出るまでの間には、まだいろいろな巖だの名所だのがA氏の手で指點されたやうであつたが、しかもはつきりとそれを覺えてはゐなかつた。ところがだしぬけにあたりが濶然とひらけた。今までとは丸で違つた眺めがその前にあらはれ出して來た。もはやそこは狹い溪谷でもなければ、兩岸に奇岩の欹つてゐるやうなところでもなかつた。山が大きく遠く開けて、向う側の高原性の臺地にはいかにも山中の驛らしい人家が時にはこけら葺の屋根を、時には白堊の土藏を、また時には木材の集積所のやうなものをそれとあたりにひろげてゐた。否溪もひろく大きくひらけて、美しい溪湍が石に當つて見事に碎けてゐるのを私達は眼にした。上流には船の水車が一つ二つかゝつてゐて、それに瀬が美しく白く碎けてゐた。

拱立巖がやつて来た。つゞいて朝日橋が來た。

A氏がだしぬけに聲を立てた。

『ほ！ 彥山が見える！ そら、あれが彥山です！』

私達はそつちを見た。私達も聲を擧げずにはゐられなかつた。上流遠く、左から靡き落ちてゐる山脈の果てに、大和尙のやうな形をした丸い偉大な山を中心に、それに隷屬してゐてしかし高さに於てはそれに多くを讓らないと思はれる二つ三つの連續した山々が、何もない右方の空間に高く高く君臨してゐるさまは何とも言はれぬ壯觀であつた。

『あの丸いのが豐前坊です‥‥』

『あ、さうですか‥‥。何とも言へませんな！』

『いつもこんなによく見えることはないんです。大抵は曇つてゐるんです。……。今日も何うかしたらと思つて、腹の中で見えて呉れれば好いがと思つて來たんですが……見えて好かつた……』

A氏も嬉しさうに言つた。

『實際はつきりしている……。これから眞直に行つて見たいやうな氣がする』

これはK君だ。

『彦山といふ山は、汽車の通つている街道筋からはちよつと見えないやうな山ですからな』

『さうですよ』

『行橋あたりでも、ちつとも見えませんからな』

『まア、好う見えて好かつた・・・・』

こんなことを言つてゐる中に、自動車はその朝陽橋を向うにわたつて、守實の聚落の方へと逸早く入つて行つた。近く來て見れば、さう大して賑かなところでもなく、山の驛以上の何物もなかつたけれども、それでも暇のある旅なら一夜はゆつくり泊つて見たいやうな氣のするところだつた。私達は一直線に町を通りぬけてその町はづれの日田道に傍つた上のところにある英姫の墓へと行つて見た。

そこからも彦山の連峯がよく見えた。日田へと越えて行く山のなびきも私達の心を惹かずには置かなかつた。英姫の傳説――それは何でも彦山での人間悲劇の一つであるらしいが、その傳説(でんせつ)について私達(わたくしたち)はいろいろに語り合つた。私達はそこに三十分ほど立ちつくした。

一九

朝陽橋(あさひばし)の袂(たもと)から彦山(ひこさん)へと入つて行く道も、本當(ほんたう)ならばたどつて見なければならないものであつた。山國川(やまくにがは)の溪谷(けいこく)はその上流に於てもまだ猿飛(さるとび)(67)などといふ奇景(きけい)を點出(てんしゆつ)してゐるといふことであつた。大橋乙羽(おおはしおとは)は明治三十二年の九月二十八日、こゝを越して彦山に登つたが、その著『耶馬溪(やばけい)』の中にはこんな

(67) **猿飛**
猿飛千壺峡(さるとびせんつぼきょう)。山国川の源流近く、急流によって川の中の石が回転し、川底に無数の甌穴(おうけつ)が群をなす。国天然記念物。中津市山国町大字草本。

[241頁に写真掲載]

ことが書いてある。『廿八日は綱引の腕車にて進み申候　中略守實朝日橋までまゐり候、然るに彦山千尺雲を劈きて立てる景色、畫もなり難く、俄かに登山の念勃々禁ずる能はずなり候まゝ、結束して前進仕候、松田氏と車夫二人と參り申候、車を捨てゝ猿飛の絶勝を探り、毛谷村に入りては六助の墓の有無などを問ひ、山のふもとにかゝり申候、それより三里餘の上り道、落道といふところより道もなげに相成申候、幽谷をわたり深林を出づれば、山には一面の花薄、風吹くごとに打靡くさま女浪男浪の寄せ來るごとくに候、一の高須といふところより折れて一上一下、豊前坊てふ山までのぼり候ところ、日は落ち、暮色蒼然と四方をつゝみ申候、飢えたるまま酸味ある杜醪を掬み、松のごとき飴を舐りて前進、夜の八時頃、彦山の町家にとまり申候、この町あだかも妙義町の模様有之候』こればかりではなく、翌日四十二町のぼつて彦山の頂上を究め、それから豊前坊に下り、大雨を凌ぎながらもとの道をたどつて再び耶馬溪にもどつて來て、守實村の豪農熊谷直義氏に一泊し、あくる日A氏の先代謙三氏宅に晝餐し、それから眞直に中津に下りたことが書いてある。私達もそこから引返して下郷のA氏の宅[68]で、美しい庭を前にしながら、丁寧な晝餐を御馳走になつた。

二〇

（68）**A氏の宅**　朝吹家。大小二九室に及ぶ大邸宅であったが、現在宅跡は宮園農村公園と宮園公民館になっており、朝吹英二の功績を伝える頌徳碑がある。中津市耶馬溪町大字宮園。

此處にちよつと青山延壽の『大八洲遊記』のことを書きたい。この人は水戸の有名な儒者で、兄弟とも江戸時代の末期に於て名高かい人だつたが、何方かと言へば、史學がその家學で、詩文はさう大して巧いとは言へなかつた。しかしその著『大八洲遊記』は旅行家としてのその價値を不朽にすると言つても好いもので、平澤元愷や橘南谿にも劣らぬほどの遊跡を持つてゐるのであつた。かれは明治の年六月に妾を伴れて太宰府から筑後川の流域へと入つて來てその十日に田主丸に來て泊つたが、高良山脈を向うに越した日向神岩の奇勝を他所にして其處を過ぎて行くことが出來なかつたので、妾をそこに留めて置いて、筑後川をわたつて、十三、十四、の兩日を風雨に降りしきられながらその山中に過した。ところが、その大雨で筑後川が氾濫して、こつち側まではもどつて來ても、田主丸に置いて來た妾と一緒になることが出來ないので、その二つの心の間にわたることも何うすることも出來ない筑後川を置いて、二日二夜此方側の千足に逗留した。そしてやつと水が退いて、妾がやつて來るのを待つて、それから日田へと向つた。

日田のところでは、十九日の終に『過田圃間再渡河至日田、廣瀬淡窓梓郷、一時門下極盛、風靡九州、今則寥々無聞、纔有五岳上人、投宿旅亭』と書いてある。そのあくる日は二十一日で、半晴半曇であつたらしい。晴或陰としてある。そしてそこではかれば諫山莜村と村上醒石とを問うてゐる。その村上はさつきA氏の言つた村上翁で、その年に年が六十八だつたのかその記事でわかる。そしてそこには、『自林外出仕、宜園無師、因引醒石爲敎師』と風に書いてある。次に廣瀬貞文を訪うて、そこで晝飯を饗されたことが記されてある。貞文は青村の長子で、父に從つて、東京に行つて官吏になつてゐたが、その年に歸つて來て、醒石に代つて、宜園の父祖の遺教をついだといふ風に書かれてあるが、つまりそれが今、日田で郵便局長をしてゐる人の父親であらう。

僧五岳を訪ふた條には、『訪五岳上人、上人善詩、兼工書畫、自淡窓未没時、詩名已著、淡窓嘗云古人云詩有別才殆五岳之謂乎、其詩清新奇拔、往々出人意表、當今筑紫之詩以上人爲巨擘、其書畫好事者出大金購焉、年七十七、昨年病中風、然精神未耄、與之談、耳稍重聽、吾始見其詩、其人必曠達、及相見執禮極恭、神氣清儁、見吾父兄著書目曰、老衲唯知本邑有廣瀬父子、不意

東國亦有如君家者、可敬也、及辭出拄杖盤珊送余於門、聞之上人今猶着袈裟、日誦經於佛堂、其老而恭、不以才矜人、亦知名不可虚得也』と書いてある。五岳は中風を病んで身うごきが自由でなかつたらしい。また高齢で話をするのにいくらか耳が遠かつたらしい。延壽が其家學のことを話し出したのに對して、五岳が廣瀬父子を持ち出して、東國にもさういふお家柄があるのはなつかしいと言つてゐるのは面白い。次に、東國の珍客よくたづねて下すつたと言つて、杖にすがつて門まで送つて出た形なども非常に興味が深い。

廿二日は日田に滯在した。村上翁が門人に耶馬溪産の巻柿(69)を持つて來て贈らせた。

翌日出發、市瀬村に來て峠の隧道を越した。やがて守實驛に來た。そこで

(69) **巻柿** 干してつるした柿を藁で巻き保存したお菓子。古来よりの耶馬溪土産である。

［241頁に写真掲載］

は、『山間一聚落也、渡一橋、沿水而下、卽所謂耶馬溪口也、橋頭有奇峰、全露石骨、叢草被之、極有風致、橋下危巌聳立、湍流飜雪、溪口已不凡、溪卽山國川一名高瀬川、發源於彦山』と書いてゐる。つまり私達がさつき彦山を見たところの橋と岩とである。『又行十餘町、左顧又有奇峰、兀立懸崖高數十丈、崖頭有峰爲巢、大如大甕』大きな蜂の巢があつたらしい。それにしてもこれは何處等(どこら)あたりであつたらうか。あのトンネルのあるあたりだらうか。『已而兩山稍開、相距十餘町、水貫其中、與山相離、雖間有奇峰秀嶺不足稱、已里餘、至宮園驛、溪水東南流至此轉北、循山而流、兩山又相蹙、漸入佳境』これは下鄕(しもごう)から大島あたりのことを言つてゐるらしい。

上からのぼつて行つても、また下から下りて來ても、やつぱりあの柿坂と口の林との間にある津民谷合流の點あたりから醉仙岩のあたりがことにかれにも氣に入ったらしく、『經柿阪至口之林、是際二里許、爲耶馬絶勝、其山乍夢重疊、有圓者者有尖者、有凸者有罅者有連者、有斷者、有層堆者有繚繞如垣者、有聳拔如筍者、高低大小、殊態萬狀、水亦瑩廻湍激、狂奔助之勢、故山皆活柿阪爲最、岸上奇峰駢立枕水、雲根皆露、綠苔蒙絡、水中岩石紛錯、水爲之湍激怒號、兩山相蹙、斫巖纓通一經、過柿阪山亦從水屈曲、毎十餘町一折、毎折爲別境、其中殆如前後無路入千山重圍中、如此者數回、毎一回峯色水態種々自別、使人回顧不厭、縱令善畫者摸之、固非一紙一畫可畫也、其際山蹙水迫、往々鑿岩竇通路者數所、竇中穿窓臨水以引日光、洞中奇明不似佗隧道也』と力を盡して記してゐる。しかし今では柿坂口の林間にはさうしたトンネルのやうなものはない。これは覺え違ひか、それともまた昔あつて今ないものか。『筑紫紀行』にもあつたやうに書いてあつたのを私は記憶してゐる。

それから筆を轉じて、かれは耶馬溪を他の溪谷に比較してゐる。旅行家だけに、その見方はかなりに徹底してゐるやうである。『耶馬溪山陽翁有記已盡矣、固不待余輩賞述、唯翁以耶馬爲海内第一余所不取也、若夫溪山之奇、以余所見、以紀之熊野爲第一、何者瀞溪之奇敵耶馬溪、那智之瀑世之所知、熊野小座二流之勝、加之以一枚岩橋杭岩等之奇、海内備此偉觀者恐無匹敵、而近在畿甸外、山陽竟不之知、舍近取遠者何、是特溪山之勝巳、若夫山水大觀余別有所論、今不復贅也、竟宿口之林、山陽所謂屈智林也』山陽が近畿地方にありながら、紀州の山水を知らなかつたことを笑つてゐる形は面白い。

　私の考へでも、熊野の北山川即ち瀞八町は天下の奇景である。あの深潭は朝鮮の金剛山の内外溪にもない。長門峽でも三段峽でもとても及ばない。K君も瀞八町をわざわざ行つて見て知つてゐるが、やつぱり同感だと言つてゐる。しかし耶馬溪は瀞溪や長門峽とは全く趣を異にしてゐる。あれは並べて批評すべきものではない。耶馬溪は瀞溪や長門峽と違つて人烟近いところに展開されてゐるのを好いとすべきである。前にも言つたやうに、人家あり、宿驛あり、街道あり、炊烟ありと言ふところにその獨特の山水繪卷が展けられてあるのである。

　で、この『大八洲遊記』の作者は、口の林に一宿しただけで、誰にも逢はずに、誰をも訪問せずに、唯ちよつと羅漢寺に向つて行つたには行つたが、骨が折れるので、上までのぼらずに、古羅漢の岩石を一二品評しただけで、そのまゝ樋田から中津へとそゝくさと出て行つて了つてゐる。『余通覧耶馬石質礫磧與新土混合化成者、故其岩石無横裂竪拆者、其石率皆磧醜、至其山則各爲態可謂奇矣、然畫家麻皺綯紋之法、恐不足取規也、出隧道水稍緩而爲平川、山亦開稍遠爲一種平遠山水圖、清遠可愛、於是耶馬溪勝始盡矣、從守實橋至此殆六里、其間雖有不足觀者、可賞者過其半、溪山之勝除熊野外余未之見也、買車郊原田勝間三里余至中津』石の批評などはやゝでたらめに過ぎてゐはしないか。

この他、耶馬溪には大分いろいろな文人墨客が入つてゐるらしい。梁川星巖も行つてゐる。依田百川は案内するものがあつたかして、かなりに詳しく見てゐるらしく、あまり旨いものではないが、到るところにその詩が殘されてある。仙臺の齊藤竹堂などがやつて來てゐるのも面白い。竹堂が九州に來て帆足萬里を訪ねたところが、萬里は竹堂が一介の白面の書生なのでそれを馬鹿にした話は有名な話だが、その時かれは耶馬溪までやつて來たのだと思ふとなつかしい。世間では餘り知らないが、私の兄の師匠の中村峰南も大分長く耶馬溪の中に滯在してゐたらしい。明治に至つてからは、本田種竹なども來て詩を殘してゐる。近年では國府犀東(70)や田邊碧堂なども來てゐる。遲塚麗水は軌道が始めて出來た時、新聞記者の一人として來て、そこで來賓を代表して耶馬溪について一場の演說をした。

(70) 国府犀東　国府犀東（こくぶさいとう／一八七三—一九五〇）は石川県金沢市出身の官僚であり漢詩人。本名は種徳。大正九年、史蹟名勝天然記念物保存法の制定に際し宮内省の助成で西欧へ視察。帰国後耶馬渓に何度も調査に訪れ耶馬渓を国名勝に導いた。平田吉胤の墓碑・頌徳碑の碑文を書いている。

二

裏耶馬(うらやば)は前にも言つた通り、Ｋ君を以て始まると言つても好いくらゐまだ世に知られてゐないが、深瀬谷(ふかせだに)もずつと後まで餘り誰も行つて見なかつたらしく、たゞ落合から鼻環峠(はなくりとうげ)を通つて玖珠の方へ出て行く旅客がわづかにその髣髴(ほうふつ)を望み見たくらゐにしか過ぎなかつたであらう。尠(すくな)くとも今自動車の通つて行く路は軌道が出來てから開けたので、大橋乙羽(おおはしおとは)の來た時分にも、深耶馬溪などといふことはあまり口に上つてゐなかつた。否、上つてゐたにしても、今日の裏耶馬と同じやうに、さういふところがあるといふだけで、さう大して多くの人に知られてゐなかつたに相違なかつた。

深瀬谷は今は賑かである。車も通れば、自動車も通る。新緑の頃とか、紅葉の頃とかの日曜日などには、その日がへりの見物客でこの道は満たされるくらゐである。従つて柿阪玖珠（森）間の乗合自動車ばかりではなく、この深耶馬の旅舎までの乗合も間斷なしに發着するといふ形である。否、その他に乗合の馬車もあつて、これも相應に榮えてゐる。

柿阪の先の三辻から左に入る。溪は凡の凡なるもので、むしろ殆ど取るに足らないと言つた方が好いくらゐである。石は全く乾いて、唯ちよろちよろと水が申譯に落ちてゐるばかりである。本流ではたまには水が湛えて潭を成してゐるところがあるけれども、此處（ここ）ではとてもそれを見ることが出來ない。橋などがかゝつてゐて、此方（こつち）から向うにわたるところもあつたけれども、そこだつてさう大した湍（たん）を成してゐない。從つて岩石だけで滿足出來ない人は、深耶馬に來ても決してすぐれた溪谷だなとど思はないに相違ない。

　しかし本溪（ほんけい）に於てもさうであるごとく、深瀬谷に於ても、岩石の見事であることは決して否（いな）むことは出來ない。それに次第に兩岸は塞して、ともすれば頭上に墜（お）ちて來はしないかと思はれるやうな大きな巖（いは）が到るところにあらはれて來る。それは金剛山の玉流溪（ぎよくりうけい）あたりに比べては、とても及ばないといふ憾（うらみ）はあつても、妙義あたりの岩石を凌ぐやうなものは到るところにある。で、溪（たに）はさういふ風に狹（せま）く狹くなりつゝ、幾重（いくへ）ともなく重り合ふやうになつて折れ曲つてゐるのであつた。それに岩石には兩岸とも一つ一つ名がついてゐて、一々案内者はそれを指點(してん)して言ふのであるけれども、しかも一度や二度通つたのでは、とても覺えられないほどそれほどその數(すう)が多かつた。『あ、さうですか？　あの岩が‥‥』から言つて挨拶してゐるより他爲方(ほかしかた)がなかつた。

　二里ほど行つたところで、地形はまたひらけて、そこにいかにも山中の村らしい一驛が展開されて來た。それは他でもない、山移(やまうつり)の聚落(しゆうらく)であつた。何(なん)でも太古(たいこ)は山湖(さんこ)であつたらしく、落合から森町へ行く鼻環嶺(はなくりれい)の道はずつと此(こ)處(こ)へと合(がつ)して來てゐるのである。此處に來ると、溪は全く右の山際(やまぎは)に寄つて了(しま)つて、田塍(てんやう)がひろびろとあたりに連(つらな)り渡つて見られた。『ほ、こんなところがあるんだね！　不思議な氣がするね』私はかう言はずにはゐられなかつた。
その聚落には駄菓子を賣る店があつたり土地の若者を醉はせるに足りる飲食店があつたりした。思ふに、昔にあつても中津の城下から玖珠地方へ通る途中の一小驛を成してゐたのであらう。しかし境はすぐ狹くなつて行つた。溪はまた右にあらはれ、兩岸はまたそのグロテスクな巖石で深く蔽はれるやうになつた。

『成ほどこゝいらに來ると、不思議なところだといふ氣がするね』

　これは私だ。

『ところが、君』とK君はすぐ受けて、『裏耶馬に行くと、もつと不思議だよ。此方はかういふ風に普通の岩石だから好いけれども、向うはのつぺりしてゐるものが多いんだからね……坊さんの恰好をしたやうなものだの、松茸の形をしたやうなものが、樹も苔も何もつかずににょきにょき立つてゐるんだからね。夕方なんか變に無氣味でね。何だか人間の世界ぢやない世界に來たやうな氣がしたよ。……』

『さうかね』

『兎に角、此處とは岩石に於ても裏表を成してゐるやうな氣がするね。何う した關係かな……。地質學者にでもきいて見なくつてはわからないが……』

『行つて見れば好かつたな……』私は無理をしてでも行つて見れば好かつたと思つた。

『溪は何でもないけども、岩石は裏耶馬は面白いね。やつぱり兩方見なければば本當ぢやないね……』

こんな話をしてゐる中にも、自動車は今にも上から岩石の落ちて來さうな、兩岸の夥(おび)たゞしく迫つた間を通つて、例の旅館のあるところへと行つた。私達はこゝで車を捨て荷物を托して、うるはし谷(71)を見に行く支度(したく)に取りかゝつた。

二二

『何(な)アに、大したことはありはしませんよ。七八町ぐらゐなもんですよ』耶

(71) **うるわし谷** 深耶馬渓の麗谷（うつくしだに）。「名勝耶馬渓深耶馬渓麗谷の景」。一枚岩の谷底が続き、いくつものスロープのような滝が連続する神秘的な風景が展開する。中津市耶馬溪町大字深耶馬渓～玖珠町大字森他。［241頁に写真掲載］

馬溪軌道會社のK君は、さもさも自分でぢかに探りでもしたやうに簡單に言つたが、何うして何うして七八町どころか、上つたり下つたり、また岩と岩との間にかけた危ない組橋を辛うじてわたつたり、ともすれば深い谷底に落ちさうな、落ちたが最後それこそ大怪我でもしさうな岩石の間を通つたりして私達はそれからそれへと深い深い谷の中を押し分けるやうにして入つて行つた。

　それは街道の近い點から言へば、こんなところ何でもないであらう。いくら深山のやうな趣を成してゐても、とても深山といふ感じを味はうことは出來ないであらう。ことに、東北地方や信飛の山の中に馴れたものは、ことにさう感じられるのは當り前のことである。しかし私の歩いた耶馬溪の谷では、此處などは深い谷合と言つて差支あるまい。兎に角に谷の幅は狹く且深い。石はそれからそれへと積重ねられてある。仰げばさまざまの形した巨巖が——笠のやうな、矛のやうな、材木を重ねたやうな、または家屋の重り合つたやうな巨巖が時には夕日を受けて、そこらにある紅葉が丸で火のやうに美しくかゞやいたりして、深く深くつゞいて行つてゐるのを私達は目にした。それに、此處から裏耶馬にかけては、蛇もまむしもかなりに多く、さういふものを捕りに來たものの常に目標にしてゐるところであると聞いてゐるだけに一層私は素脛素草鞋であつたことの大膽さを感ぜずにはゐられなかつた。それといふのも、K君の言葉に由つて七八町と高を括つたからであつた。私は行つても行つても、溪らしいもののあらはれて來ないのを不思議にした。否、そればかりではなかつた、初めは谷間の岩石や紅葉(こうえふ)にさし添つてゐた夕日の影も、谷が深く兩岸が迫つて行くにつれて次第にそこまで及んで來なくなつて、一種言ふに言はれないわびしさが私(わたくし)の胸に押寄せて來た。

Ｆ君は肥(ふと)つた體(からだ)なので、いつの間にか落伍して了(しま)つた。私もかなりに苦しい。昔なら人には負けてはゐないのだが、ことに山あるきにかけては、人に負けては一分が立たないぐらゐに思つたものであるが、今はとても若いＫ君には及ぶべくもなかつた。一つ阪をのぼつては休み、休んではまた呼吸(いき)をつきつき歩くといふ風であつた。

突然、私はアツ！　と叫んだ。

私は組橋(くみばし)をわたらうとして、危ない危ないと思ひながら、たうたうそこから滑り落ちて了つたのであつた。案内者の畫家のG君は、その聲をきゝつけて驚いて二三歩引かへして來たが、その時には、私は五尺ほど下の草と石との間に丸くなつて尻持をついてゐたのである。

『何うしました！』

G君は上から覗くやうにして叫んだ。

『大丈夫です、大丈夫です！』私はかう言つて起上らうとしたが、うまく岩と木の間に體がはさまつて了つてゐるので、急にはそこから起き上がることが出來なかつた。

しかし幸ひにして、少し腰のところを石で打つたぐらゐで、大して怪我もしなかつた。私はG君を心配させぬために『大丈夫！大丈夫！』と言つて、元氣を振起して平氣を粧つて歩いた。しかしその日一日その腰の痛みは治らなかつた。

溪は始めにあるやつはさう大してよくない。一枚岩の上をサラサラと水は流れてはゐるが、境も凡だし規模も小さい。こゝだけ見てもどつては、本當のうるはし谷を見たとは言へない。從つて此處まで入つて來たものは、更に一歩をすゝめる要がある。少し行くと小さな瀑が濺々として落ちてゐる。たしか白糸の瀧と言つたと覺えてゐる。それに沿つて更に上る。と谷が急に開けて、紅葉の赤く夕日に染められてゐるのが繪のやうに見える。その下の一枚岩が卽ちそのうるはし谷を成してゐるのである。

何んだ！　こんなものつまらないと言へばそれまでである。別にあたりに奇岩があるのでもなければ、湍を成して溪が流れてゐるのでもない。唯、ある間——幅五十間長さ二百間ほどの谷が一枚の平扁な岩石で出來てゐて、その上を清淺な水が微かな音を立てゝ、潺々として流れてゐるだけである。しかしそれを取巻いた紅葉は美しかつた。それに溪の感じとしてもかなりに深かつた。

問佳麗溪

崖高谷窄奇巖出、欲度鉤梯幾慘慄、一徑纔通佳麗溪、潭如奩鏡楓如祖、

傍徘鳥道幾縈蟠、毎度鉤梯溪異看、澗底一條賸斜照、綴崖楓樹炳如丹、

かういふ二絶をつくつたが、歸つて來てから、森町の旅舍の二階で、もう一つ五言古を得た。それもこゝに次手に書いて置かう。

麗溪岸窄深、一上又一下、鉤梯隨處危、一墜身恐化、斜日幾穿漏、面陽處楓炙、溪更灣曲開、喦新奇姿迓、體胖難疾行、身勞易摩胯、幽深無著人、深樹不置舍、度石溪纔到、清淺如引帊、水平盤瀠洄、形似鏡奩卸、雖境過幽清、玩賞我立乍、有人採實贈、秋色深紫靡、

この紫色した木の實(み)は、G君がT君の寫生(しやせい)のためにわざわざそこで採(と)つて呉(く)れたあけびのことを言つてゐるのであることを記(しる)して置く。

秋の紅葉の頃は少しさびしすぎるおそれがあるが、初夏の新綠(しんりよく)の時分ならば、素足で水の中を歩いたりなどすることが出來て興味が多いであらう。それに、こゝからは裏耶馬の鳥屋(とりや)の方へ出て行く間道(かんだう)が通じてゐるので、それをもう少しよくしたならば、裏耶馬に行くのには却つてこつちの方が便利だ

といふやうなことに將來はなるかも知れない。兎に角に、耶馬溪中の一勝地(しょうち)とするには十分である。しかし街道からはかれ是一里ぐらゐあることを始めから覺悟(かくご)しなければならない。

二三

街道に來てまた自動車に乘つた。

これから峠のトンネルまでの路——それは深耶馬(しんやば)(72)に來ても大抵はそこまでは行かずに引返へして了(しま)ふだらうが、從(したが)つて玖珠(くす)に拔(ぬ)けた人でなければ十に

（72）**深耶馬**　深（しん）耶馬溪。明治時代、中津～玖珠をつなぐ道路を通したことで、奇岩の渓谷深耶馬渓が現れた。中でも「一目八景（ひとめはっけい）」はひとところにいて周囲ぐるりと奇岩に囲まれる絶景の地であり、今も商店が並ぶ耶馬渓観光の中心地である。名勝耶馬渓「深耶馬渓麗谷の景」。中津市耶馬溪町大字深耶馬渓～玖珠町大字森他。［241頁に写真掲載］

分その感じを味（あぢ）ふことが出來ないであらうと思はれるが、この間の不思議な感じは、今になつても私の體（からだ）から離れて行かずに、ぴたりといつまでくつ附（つ）いてゐるやうな氣がした。

それといふのも、半分は薄暮（はくぼ）で半分は夜であつたためではあるまいか。何とも言へないさびしさがその巖石（がんせき）の王國を領（りやう）してゐたためではあるまいか。初めは薄暮の空氣の中をさもさもおぼつかなくたどつて行つたが、後（うしろ）には自動車のヘツド・ライトが寂（せき）としたその山道を照して、何とも言へない、たとへばお伽話（とぎばなし）の國でもあるやうなシインをそこに展開した。

もはやそこにはさゝやかな水の音もなく、客を待ち受ける休み茶屋もなく、小さい茅葺（かやぶき）の夕烟（ゆうけむり）に包（つゝ）まれた聚落（しゆうらく）もなく、唯闇（ただやみ）の中に恐ろしい不思議な岩石の起伏がその割合にはつきりした線をそこに黒く描いてゐるばかりであつた。私達は何か不思議なものに打たれて——疲労とも違へば倦怠とも違ふやうな一種の魔のやうなものに襲はれて、互ひに申し合はせたやうに口を噤んで了つた。自動車はそれにも拘らず、山路のカアブを爆音を立てゝ驀地に進んで行つた。

トンネルを向うにぬけて、始めて私達はほつとした。

しかも私達はその巖石の王國の不可思議と無氣味とについては、お互ひに何一言も觸れやうとはしなかつた。それに觸れては何かわるいことでもありさうな氣がした。自動車は笳を吹いて峠を下へと下りて行つた。これも夜空に人を脅かすやうな岩扇山(73)がやがてその偉大な姿を路の左側にあらはして來た。

（73）**岩扇山**　大岩扇山（おおがんせんざん）。櫛歯状の断崖が美しいメサの山。国天然記念物。国名勝「旧久留島氏庭園」は大岩扇山を借景としている。玖珠町帆足。［241頁に写真掲載］

二四

そのためだらうか、私は全く不知不識の別世界に伴れられて來たやうな氣がした。今までの世界とはその感じに於ても、またその姿に於いても、その住んでゐる人達に於ても、全くその趣を異にしてゐるお伽話の中にでも出て來るやうな國に――。

何うもさういふ氣がいつまでもいつまでも私の心持から離れなかつた。從つて森町の外れに私達の自動車を迎へに出てゐた旅舍の主人も、ところどころにぽつぽつと疎らに綴られてある燈火も、その灯の下で靜かに生活してゐるらしい人達も、更に町をずつと入つて、その車のはづれらしいところにある一つの旅舍(74)の玄關の形を成した入口も、そこに並べてあるスリツパも、ステツキや洋傘を入れるための細長い陶器も、折曲つてついてゐる三階への階梯も、それを登り切つたところにぱつとあらはれて來る新築らしい二間つゞきの座敷も、そこに出て莞爾して火などを運んで來る銀杏返しの中年の美しい女中も、すべてそのお伽話の國のつゞきのやうな氣がして、私は何處となくわくわくするやうな心持を味はずにはゐられなかつた。

凡て旅に出て、知らない土地に夜着くといふほどそれほど不思議な心持を誘はれることはないものであるが——そのためにその町が丸で違つたものの

(74) 旅舍　四自館（しじかん）。今はない木造三階建ての旅館。

やうにいつまでも思はれたりするものであるが、森町は私(わたくし)に取つてやつぱりさういふ町のひとつとなつた。

私はその三階の十疊(でふ)の右側の高窓を明けてそつと闇を覗(のぞ)いて見た。

『さびしい町らしいね』

私はぽつぽつと燈火(ともしび)の數(かぞ)へるほどしかついてゐない屋根の竝(なら)んでゐるのをそこに見た。

前に一度來て知つてゐるK君がそこに來て立つたが、

『さびしい町だよ』

『何うもさうらしいね』

『ちよつと面白い町には町だが……』

『竹の屋根の多いといふ町だね』

『さう、さう』

『何だか不思議な氣がする。全く今までとは別なところに來たやうな氣がする……』

『さうだね』

私はぢつと闇の中を見廻した。

あくる朝、私はいつもの通り早く目がさめた。私はまた右側の障子（しやうじ）を明けて見た。こゝでは雨戸も閉めずにそのまゝ寢て了（しま）ふのである。朝はかなりに寒く、火がすぐ欲しいくらゐである。私は其時になつてもまだそのお伽話の國にゐるやうな心持（こころもち）を取去ることが出來なかつた。大きなAlte Schlossのやうな山、その麓を縁取つてゐる紅葉——それももはや盛りが過ぎてところに由つては、紅をまだ保つてはゐるが、半分は黄く褪せて、一部はガサガサと既に落葉にならうとしてゐるやうな林——その此方には収獲があら方すんで今はたゞ霜や雪を待構へてゐるやうな野がひつそりと朝の冷めたい空氣の中にあらはれて見え、それからずつと東南に展けて、これも初めて私の眼に映る、今までの耶馬溪の岩山とは全く觀を異にした、むしろ日光か東北あたりにでもありさうな比較的大きな山脈が、一つの卓のような山と、それからやゝ離れて小さな富士のやうな形の山とをその前景にしていかにも雄大に連なりわたつてゐるのを私は見た。

私はじつと立盡した。

このあたりではK君がいつも私に說明の勞を取つた。

『それ、それが、君、話した飯田高原なるものの、向うにある九州アルプスといふやつだよ』

『さうかあれが――フム』

『九州アルプスつていふ名はいやだなァ、それよりも九重山脈といふ方が好いな――さうだ、この夏、あの山の下を通つて、ずつと其の筋湯といふところまで行つた――』

『その震動瀑(75)といふ、華嚴と匹敵するぐらゐの大きさを持つてゐる瀑のあるといふのはそこだね』

『さうだ――』

(75) 震動瀑　震動の滝(玖珠郡九重町)。

『行って見たいな』

『今でも行けるには行けるだらうが、夏の場所だね』

『その瀑が見たいね』

『つまり、あの九重山脈の裾野が飯田高原で、今度汽車が出來たので、別府の油屋熊八(76)なんかが避暑地として目をつけ出したところサ。さうサ、かなりにひろいね。それにすゞしいよ。輕井澤などよりも好いかも知れない……』

『フム』

『そしてその高原には千町無田なんていふところがあつたり、池があつたり……さうさな、半分はデルタ見たいな、そら日光の戰場ヶ原見たいな感じのするところだよ。そしてその震動瀑といふのは、その高原の一方の水の落口

(76) **油屋熊八**
油屋熊八(一八六三―一九三五)は別府観光の父といわれる人物。亀の井旅館を創業し、亀の井自動車を設立。日本初の女性バスガイドによる案内つきの定期観光バスの運行を開始した。また文人画人に紀行文や鳥瞰図などを依頼して観光利用するなど様々な手法で泉都「別府」の発展につくした。

を成してゐるんだよ』

『それぢや水量も多いわけだ』

『しかし、此間も言つたやうに、その瀑の上は田だからね。中腹で見てゐる中は大きいなァ、と思ふけれども、上にのぼつて了ふと興味索然サ。何しろ田だもの….。とても華厳のようなあゝした幽邃な感じは味ははれない….』

『成ほどね』

『震動瀑つていふが、實際、その水量の多い時は、あたりが震動するんだつて言ふからね。大きいには大きいよ。さうだその瀧は、此方から入れば、行きに見て行く形になるんだ。ジツクザツクのぼつて行く九十曲折の中腹から見るやうになつてゐる。そしてそれをのぼり終ると、所謂飯田高原になるんだ・・・・僕は筋湯から引返して、黒嶽のわきを掠めて、由布村の方へ出て來た・・・・』

『面白さうだね』

私はこの旅行にはとてもそこまで行けさうにないことを思つた。

ふと話頭を變えて、

『あの富士のやうな形をしてゐる山は何ツていふんだね』

『湧太山[77]・・・・あの山の側を通つて行くんだ・・・・』

『此方の城壁か何ぞのやうに見えてゐるのは――?』

『あれは萬年山[78]――湧太から比べると、ぐつと近いんだよ』

『さうだらうな』

（77）**湧太山**

涌蓋山（わいたさん）。その形から「玖珠富士」「小国富士」と呼ばれる活火山。玖珠郡九重町～阿蘇郡小国町。

［241頁に写真掲載］

（78）**萬年山**

万年山（はねやま）。「玖珠二重メサ」として日本の地質百選に選ばれている。五月の山開きには、国天然記念物のミヤマキリシマを楽しむ人たちで賑わう。玖珠町。

［242頁に写真掲載］

私はまたそれに見入つた。

私にはいつまでもいつまでも別な國に來たやうな感じがつゞいた。何も彼も新しかつた。竹の屋根の多いのも、岩扇山の高く盤踞するやうに立つてゐるのも、紅葉の林のところどころに綴られてあるのも、たゝきになつてゐる五衞門風呂も、膳に上つて來る自然薯も……。それに私達は森町に來て、その旅舍の三階の間に三晩泊りながらも、そこにじつとしてK君が繪を書くのを見たり、また詩や歌を自分が考へたりしてゐたばかりで、その旅舍の右の窓からは、あれがもとのお城の跡(79)だ……もちろん一萬石か一萬五千石の小大名だから城といふ形は成してはゐない、むしろ邸址とか陣屋あととかいふくらゐなものしかないけれども、それともお宮があつたり何かして、ちよつと

(80)＊次頁に注釈

(79) お城の跡
現在の三島公園～旧久留島氏庭園。藩邸は明治の大火で消失。残存する藩主御殿の庭園は巨石を大胆に配す。国名勝「旧久留島氏庭園」。写真は、庭園から大岩扇山を望む。玖珠町森。[242頁に写真掲載]

（80）お宮
末廣神社。森藩の藩主久留島氏は小藩ゆえに城がもてなかったため、石垣のあるお城仕立ての神社地をつくった。写真は神社入り口の清水御門。庭園は「清水御門御茶屋庭園」として国指定名勝となっている。玖珠町森。

［242頁に写真掲載］

一度は行つて見る價値はあるといふ山裾の杜がそれと指點されてゐたけれども、しかしそこにも出かけて行つても見なかつたので、一層さういふ氣がしたのかも知れなかつたのである。否、それ以外にもこのあたりの地形やら風景やらが、今まで通つて來た耶馬溪地方のものとは全く類を異にしてゐるためでもあつたらう。それにしてこの森町の三日の欒しかつたことよ。それに忘るゝことの出來ないのは、その三日間私達の世話をして呉れた女中のやさしさと靜かさとであつた。もはや三十二三を越してゐながら何か言はれるとぱつと面を赭くするやうな、それでゐて色戀のことなどもよく知つてゐて、何でもそれで今でも苦勞してゐるといふやうな女であるらしく、私がさう言つてかげでほめると、K君にしてもF君にしてもそれにひそかに同意せずにはゐられないといふやうな人だつた。恐らくさういふ人のゐたといふことも、靜かに落附かせる大きな原因になつたのであらう。それに、そこには夜あそびに行くところがなかつた。酒樓が一軒あるにはあるさうだけれども、藝者は妾藝者が一人か二人ゐるきりで、行つたところで何うにもならないといふことも私達を落附かせた。『今度のやうな旅行はないぜ！　もう一週間も女の顏を見ない！』こんなことを私達は言つたくらゐだつた。

　前のガラス窓に靜かに初冬の日が當る。山の影がチラチラする。その中の十疊の間には毛布がひろげられて、ドンブリに水が入れられてある。筆卷、細い太い筆、皿、小さな刷毛、見てゐる間にそこには一つのシインが描かれる。山に、竹に、岩石に、板をかついで山路を下りて來る人に、さういふものは、すべて二三日前にK君の寫生帖に丹念に寫生されたものだつた。『何うも書いてゐるところよりも書いてゐないところが難かしいね。大雅堂が南畫は何處が一番むづかしいときかれて、繪なきところが一番難かしいと言つたと何かに書いてあつたが、つまりそこだね。何うも書かずに白くして置くところが難しい』K君はこんなことを言ひながら切りに筆を取つた。

私は地圖をひつくり返したり、『遠思樓詩集』を吟じたり、また自分で詩をつくつたりして暮した。何んといふ靜かな三日だつたらう。

森町旅舍三宿

豈歎此身在僻陬、暫時避世罷營求、絃彈口唱幾宵過、君畫我題三日游、
楓樹褪紅貼深碧、竹篁終綠戞高秋、玻瓈況復明如鏡、妍陽黛眉山色浮、

ある夜は兎に角一度は町を歩いて見ようと言ふのでＫ君と出かけた。それにしても何といふさびしい街だらう。こんな町が九州にあらうとは何うしても思へないやうな淋しさ！　靜けさ！　耶馬溪の中はいくら靜かだと言つても、それでも自動車の音がしたり軌道の汽車の音がする。こゝにはさういふものがない。話聲一つしない。犬一つ鳴かない。しんとしてゐる。かういふ町が今の世にあるとは！　十六世紀か十七世紀でなければとてもあるとは思へないやうな町である。それに、町筋と言ても、二筋か三筋あるばかりで、一番賑かなところだといふところには、大きな呉服屋の店に番頭がひとりぼつねんと坐つてゐたのを見たばかりである。大抵の店は皆な早くから戸を閉めて了つてゐる。これといふのも、最近に郡役所が廢止になつて、すつかり不景氣になつて了つたためだらう。ため息をついてゐるやうな町といふよりもむしろそこに住んでゐる人達のため息をそのまゝ深くきかせられてたやうな町だと言ふ方が適切だと思はれた。私達は闇の中を歩いてすぐ引返して來た。

夜偕未醒歩森町

此街何寂寞、宵已無車轟、彭徒劃夜暗、屋空看燈青、寥如來深谷、閒似問荒城、星斗森夜氣、輕屐絶人行、賣醤家早閉、理髪廛纔明、酒樓賸一戸、豈聞絃歌聲、街趁路忽盡、帽外夜山横、我顧朋微語、此中復有生、情歡孰別離、利名幾鬪爭、朋默々不言、巷廻再躄躄、

（81）**清水瀑**
清水瀑園。「名勝耶馬渓　清水瀑園の景」。玖珠町の仲田川にかかる飛瀑の集合地。森の間から自然に湧きだす清水がいくつもの滝をつくっており、盛夏でも涼しい。玖珠町大字岩室。
［242頁に写真掲載］

二五

森町ではこの他に清水瀑(しみずのたき)(81)といふところへと行つた。もう一つ何とかいふ瀧があるから是非行つて見て呉れと言はれたけれども、とても面白そうに思へなかつたので止した。

しかしこの森町はたゞさうして三日ゐたばかりだけれども、私にはかなりに深い印象を與(あた)へた。山の町――九州では豫想(よさう)しなかつた山の町、霜の白く屋根に置いた形から見ても、をりをり思ひもかけないやうな風が起つてそして忽ち止んで了うやうな氣象から見ても、何うしても山の町といふ感じ——

『もう少ししますと、雪が度々降つて寒いところです』とその女中が言つた言葉のさびしさが十分に味ふことが出來るやうな氣がした。別府のあの暖かい町などにゐては、とてもその裏にかうしたところがあらうなどとは夢にも思へないやうな町だつた。何でも土地の話では、この山中の無邪氣な娘達が甘言であざむかれて、年々別府の大きな旅館のメイドなどになつて行くので美しいものなどはあとに殘つてゐないなどと話した。

清水瀑に行く道はちよつと面白かつた。私達は馬車で行けるところまで行くことにした。道に添つて、その瀑から落ちて來るといふ小さな水の綺麗な川が流れてゐて、蘆が疎らに生えてゐたり、うねうねと折れ曲つてゐたり、滑かな石が處々にころがつてゐたりして、何となく蕭散な感を誘ふところだつた。岩扇山が大きくすぐ前に聳えてゐるのも氣持が好かつた。

林の傍で馬車を捨てゝそれから少し歩いた。うるはし谷でへこたれてるので、のぼるところはすべて願ひ下げにしてあるのだが、それでも是非見て呉れといふので、たうとうその亭のある、緋鯉のゐる淵のある、もう少し先きのところまで行つた。この溪山を闢くためにその家産を蕩盡したといふ六十先きの爺が案内について行つてその苦心談などを話した。つまり日光の華嚴の五郎平爺、甲州の御嶽新道の圓右衛門、それから石見の斷魚溪の開闢者などと同一種類に屬してゐる老人である。

清水瀑園

自足一邱一壑情、瀑園幽徑可閒行、綿綿擁我翁來説、闢此溪山了半生、

其　二

水淺蘆疏境太淸、溯溪轣轆馬車行、風涼豈止開巖扇、仰看山雲故故生、

しかし溪山（けいざん）としては、さう大したものとは言へなかつた。これが少くとも半里か一里ぐらゐつゞけば立派なものだらうが、これだけでは瀑園（ばくゑん）としてよりより以上に旅客の心を惹くわけには行かなかつた。しかしあの手をたゝけば緋（ひ）鯉の出て來（く）るあたりの潭（ふち）は、ちよつと玩賞（ぐわんしよう）に値（あたひ）するものであるには相違（さうゐ）なかつた。

二六

旅舍の前に來て、私達の鞄やら包やらステツキを結へたものやらをその周圍につけた一臺の自動車に身を入れた時には、この靜から世離れた町に別れて行くことの侘しさを私は感じた。またいつかういふ人達に逢はれるだらう。またいつかういふ靜けさが味はれるだらう。その世話になつた女中がにこにことしてそこに立つて見送つてゐるのを見るにつけても微かに悲しいやうな心持がした。しかしそれもほんのわづかな間であつた。自動車はすぐ出發した。

この玖珠の平野はもう少しゆつくり見たかつた。好いところだ。昔は大分の菡萏港から由布の裏を掠め、分水峠を越して塚脇から日田に出る街道が一つの長崎街道として榮えたものださうだが、成ほどさうであつたらうと點頭かれるやうな路がそこについてゐるのを私は見落さなかつた。筑後川の源流を成してゐる玖珠川に添つて、次第に九重山脈に近寄つて行くやうな平らな路を私達の自動車は走つた。

『ほ！　大分近くなつて來た、湧太山が――』

かうした言葉が誰の口から出るともなく出て來るやうな路だつた。雲は靜かに明るい午前の山々を綴つた。

『お！　あれが黒嶽（くろたけ）だ！』

さながら八月に行つた時のことが思ひ出されるといふやうに、大きな坊主のやうな山を指してK君は言つた。

『あ、あれが——』

私も應（おう）じた。

『あの黒嶽だけ木があるんだ、それで黒く見えるんだ……。あの下をぐるりと廻（まは）つて、千町無田（ちやうむだ）から、池のある方へと出て來たんだ……』

『筋湯（すぢゆ）といふのは——？』

『それはもつと奥だ——硫黄山（いわうざん）からもつと奥だから。硫黄はその右になつてゐるんだ……そら、肩が見える！』

『あ、あれが・・・・』

山好きな私(わたくし)はかう言つてじつとそれに見入つた。

好い天氣だつた。山の上に雲は少しはあるけれども、眺望(てうばう)をさまたげるといふほどのことはなかつた。湧太山が段々近くになるにつれて、その右に連つた低い山巒(さんらん)が漸(やうや)くあらはれ出して來た。塚脇(つかわき)の町で、そこまで送つて來た旅舍(りよしや)の主人と最後まで私達をもう一つの瀧(たき)の方へ案内しようとした人とが下りた。自動車はその町を抜けて、玖珠川の崖に傍(そ)つて流れてゐる方へと驀地(まつしぐら)に走つた。

もはやそこに來ると、その手前に連亘(れんこう)してゐる低い山巒に遮(さへぎ)られて、その久重(くじう)山脈の大觀(たいくわん)は目にすることは出來なくなつた。私達の自動車は、それを右に、その大きな玖珠川の溪谷(けいこく)を隔(へだ)てて絶えずその大山脈を想像するやうな形で走つた。

中村といふところに來た。ちよと賑やかなところだつた。尠(すく)なくとも人口三四千はありさうに見えた。

K君は言つた。

『こゝから入るんだよ、その震動(しんどう)の瀧へ行くのには——。』

『こゝから餘程(よほど)あるのかね』

『さア、いくらもない。一里少し遠いがな。その九十曲のところまで行くには——それをジクザクのぼると、その瀧のところへ行くんだ‥‥』

『行きたかつたな』

『その支度ぢやダメだな。それに、飯田高原は夏だ』

『また來るんだな』

『今度はずつと向うに久住から阿蘇の方へつきぬけると好いな……』

『さうだね』

町は早く盡きて、今度は深く深く穿たれた谷が來た。それは玖珠川の一支溪を成してゐる野上谷だつた。中島のやうになつてゐる聚落を右に、竹の一面に生えてゐる崖のやうなところを下に、時には碧い潭、時には銀を碎いたやうな瀬を目にしつゝ、ぐるぐると廻るやうに路のついて行くのを目にした。耶馬の谷などとは全く違つた感じだつた。何方かと言へば東北の山水に近いやうな大きさと深さと荒削りのまゝのやうな感じとを持つてゐた。『全く違ふね・・・・』こんなことを私達は言つた。

『フム、耶馬溪などよりも溪としては却つて面白い。中々好いぢやないか』

『本當だ』

それからそれへと溪が現はれて來るのにつれて、一層さうした言葉が度々私達の口に上るやうになつた。成ほど溪谷にも遇不遇がある。抱へて置いたまゝではいくら好くつても、人は何とも言はない。そこに行くと、耶馬溪のやうにやつぱり宣傳の必要があるのだ・・・・。しまひにはこんな話まで出て行つた。

それに、その溪谷には非常に竹が多かつた。あるところは深い谷が半ばはその碧で埋められてゐると言つても好いくらゐだつた。橋のかゝつてゐる具合などもそのまゝ繪にしたいやうなところが到るところにあつた。昔はこゝを通つた人がこれを目にしたらうが、誰も好いと思つただけで素通りして了つたのか。それともこのあたりを書いた文なり詩なりがあつたのを何處かに失くして了つたのか。それとも全くこの溪が今まで不遇であつたのか。

發玖珠

欲尋一瀑何度區、路在橋頭向北歧、湧太萬年山陸續、玖珠野上水參差、瓦茅成邑人多聚、竹木掩崖車傍馳、杖履何年再來此、溪繚繞處谷如錡、

野上溪

溪縮山深霧已收、輕車千里不會留、眼明分水嶺頭路、修竹紅楓碧玉流、

溪は次第に狹く細くなつて行く。ところどころ水が段を成して低いナイヤ

ガラを成してゐる。このあたりに來ると、山はかなりに高く、それに皆木（みなき）のない坊主山なので、あたりが何處（どこ）となく大陸的であるのを感ずる。そしてその坊主山一杯に薄（すすき）が白く生えてゐるのは、紅葉（こうえふ）と相映（あひえい）じて頗（すこぶ）る見事である。

『この山の白頭は、君にそつくりぢやないか』

こんなことを言つてＦ君は戲（たはむ）れた。

兎にも角にも、この分水峠（ぶんすゐ）は私達の眼を慰めるに十分であつた。『好いな……のんびりするな……やつぱり九州山脈に近い故（せい）だな。耶馬溪あたりのこせこせした山とは違ふな。是非一度ゆつくり歩いて見たいな』何遍（なんべん）かうした言葉が私達の口から出たか知れなかつた。しかしおそらくこの路（みち）を通るものは、私達を以（もつ）て終（をは）りとしはしないか。何故（なぜ）なら、汽車がすでに出來て大きなトンネルがこの大きな峠を穿つてゐるから――。私はまた一律を得たので、それを此處に書いて置く。

分水嶺

頃刻隔村還隔坻、輕車百里度崔嶷、名山在目期他日、荒驛無人語舊時、丘似白頭茅竝短、澗如修帶竹茲𦬊、行行方覺嶺鞍近、溪巳深穿不可窺、

この峠のすぐ下のところから溪が發して出てゐる。つまり私達は長い間野上谷を遡つて、たうとうその源までやつて來たのである。水源といふものは、さうでなくつてもなつかしいものである。つまり九州山脈が九重からわかれて此處までのびて來て、この分水嶺を東西につくつてゐると思ふと、一層あたりの地形がよくわかつて來るやうに思はれた。

二七

『ほ！』

私達は思はず聲（こゑ）を立てた。

『由布岳（ゆふだけ）だね』

『さうだ』

私は何とも言はれない氣がした。山を仰（あほ）ぐの快（くわい）——それもあるが、兎に角

そこに由布岳が、半月ほど前に別府灣頭（わんとう）で仰いだその由布岳がによつきり立

つてゐるといふことは不思議だつた。思ひもかけなかつただけ一層(そう)その感じが深かつた。

『ぢや、ぐるぐる廻(まは)つて來たわけだね?』暫(しばら)くしてから私(わたくし)は言つた。

『さうなるわけかな・・・・。あれをずつと廻つたわけだな・・・・』

K君もその行程を思ひめぐらすといふやうにして言つた。

由布岳にかくれて鶴見山(つるみやま)はその肩だけしか——肩もほんのわづかだけしか見せなかつたけれども、それでもそれに右につゞいた山脈が私達に海の所在をはつきりと教へた。由布岳の此方(こつち)の平地(へいち)が手に取るやうに見えた。

『僕等の目的地は何(ど)の邊(へん)にあるのだえ?』

『由布院?』K君はあたりを見まわしてから、F君に、『あそこが君、河西(かはにし)だね！』

『さうです……』

『それぢや、由布院は？』混雑と白壁だの樹木だの停車場らしい建物だののかたまつてゐるあたりを指して、『あの近所になるだらうね？』

『さうです、あの邊です……』

　その由布院の溫泉――二三年前から別府の奥の院見たいに宣傳されてゐる溫泉、夏などはことに涼しくつて好いと言はれてゐる溫泉、そこにはK君がF君と一緒にこの八月に行つて知つてゐて、あそこが仕事をするには靜かで好いからといふので、それでそこに室を取つて置いて貰つて、これから行つて二三日そこにゐやうとしてゐるのであつた。何でもその溫泉場は、一面水郷見（ごうみ）たいな感じを持つてゐて、落附いてゐるのには持つて來いといふやうなところであるさうである。

『もうぢきですね？』

『半分は來たね』

こんな對話（たいわ）をしてゐる中（うち）にも、自動車は羊腸（やうちやう）とした山路（やまみち）を既（すで）に下り始めてゐたのであつた。向うから上つて來るのには、さう大して大きい勾配をも感じなかつたが、下りは新道がぐるぐると廻るやうにやゝこしく出來て來て、下るにも下るにも、今までゐたところがかうまで高かつたかのかと思はれるまでぐんぐん下つて行くのであつた。從つて曲り角などではよく自動車が衝突した。現に私の乗つてゐるやつも、とある角で向うからやつて來る自動車の横腹に此方の鼻を突き當てやうとした。

その新道のかううねうねと嶮しいのを見るにつけても、昔はここは重要な街道で、旅客や車や乗合馬車で一杯だつたことがそれと點頭かれた。私はその時分の峠の賑かだつたさまを考へると同時に、これからは汽車が出來たために、こゝを踰えて行くものなどは全く跡を絶つて了ふであらう時のその時の峠のさびしさを頭に浮べずにはゐられなかつた。

踰水分嶺

軌條山背嶺鞍綆、應近火車穿洞牽、厥後誰還過此道、紅楓碧竹水濺濺、

ぐるぐると廻るやうにして私達の自動車はその峠道を下つて行つた。

二八

自動車は混雑した町――町と言つても處々に菜畠があつたり、阪があつたり、小さな川にかけた橋があつたり、さうかと思ふと最近に大分の方から通して來た軌道の持つた小さな停車場があつたり、ちよつと見ただけでも湯町らしい感じのする家竝があつたりする町を縫ふやうにして通つて行つた。由布岳は前に高く、その周圍の山巒もかなりの高距を持つてゐるので、何となく信濃の松本平にでも來たやうな感じがした。成るほどそれでこのあたりが開けたのだな！　この軌道がこの高原に出來るやうになつたのでそれで今までは人の念頭にも上らなかつた飯田高原が避暑地に適するなどといふことを言ひ出したのだな！　こんなことを思つてゐる中にも、自動車は巧みに狹い道を由布岳の麓に當る方へと進ませて行つた。

『もうぢきだね』

私はK君に訊いた。

『もうすぐだ……このあたり皆な溫泉が出るんだからね』

『面白いところだね……』

『ウム、ちよつと感じが變つてゐるところだよ』

『別府は何方になるんだね』

と、K君は由布岳の麓のやゝ右に當る鞍部（あんぶ）を指して、

『あそこいらを越して行くんだよ』

『ぢや、もう別府に行くにはわけはないね』

『わけないとも……』

細い通りを自動車は入つて行つた。それは由布院とはこんなところかと思はれるやうなところだつた。ぽつつりぽつつり人家が綴（つゞ）られてあつて、成ほど水郷らしく掘割らしいものが銹（さび）色に水を湛（たゝ）えてゐるのがそれと眼に入る。蘆荻（ろてき）の白い花がところどころに風になびいてゐるのも、ある種の俳畫（はいぐわ）を思はせるに十分だつた。楓の若木の美しく紅葉してゐる中に一軒瀟洒（しようしや）ないかにも別荘らしい家が見える。そこに向つて自動車が入つて行くと思つたら、それが

目ざして來た由布院のその別莊だといふことだつた。

　成ほどちよつと面白いところだ。感じがいかにも靜かである。紅葉（こうやう）は盛りは過ぎてゐたけれども、午後二時近い日影を受けてゐるので、土佐繪（とさゑ）の屏風（びやうぶ）か何かのやうに明るく且つ藝術的（げいじゆつてき）に見えた。そこに散點（さんてん）するやうに置かれてある榻（たう）の周圍（しうゐ）には、二三人の若い女達（をんなたち）の着物の派手なのがそれと指さゝれた。

　あけて置いて呉れと頼んだ室（へや）に、もうじき明（あ）くのださうだけれど客がゐたりして、何となく此方（こつち）の注文が十分に通つてゐないのを不平に思つてゐるくらゐの中はまだ好かつたが、次第にそこには一人や二人なら何（ど）うにでも出來るが、四人も泊るのでは（午後五時の汽車でもう一人Mといふ人が私達を此（こ）處（こ）にたづねて來る筈（はず）だつた）とても寢道具（ねだうぐ）がないといふことがわかつて來た時には、私達は啞然とせずにはゐられなかつた。それに、湯は湯で、昨日別府から鐵管の壊れたのを直しに人足が來たには來たが、管のインチが違つてゐたので何うにもならずに引返して行つたから、お氣の毒だが共同湯に入つて貰ひたいといふのであつた。それには私達もがつかりして了つた。寝道具が足りない。湯がないでは、あたりがいかに世離れてゐても、こんなところに二日も三日もゐるわけには行かなかつた。

『やつぱり夏の場所なんだな』

私はかう言はずにはゐられなかつた。

『しかしわるいところではないでせう』

K君が言つた。

『それはわるくはないけれども、君方（きみがた）は夏に來て好いと思つたんだ・・・・。冬來るところぢやないんだよ。夏なら夏で、設備がしてあるんだけども、今はダメなんだよ』

『そんなわけはないんですがな』

『さうだよ、それに違ひないよ。それは、夏は涼しい好いところだらうからな！』

　そう話してゐる間にも寒い風が山からおろして來たりして、庭にテイブルや椅子（いす）が置いてあつたりしても、そこに出て茶など飲むわけには行かなかつた。別荘の西側の掘割にも川楊（かわやなぎ）が枯れて錆色（さび）をした水に寒いさゝれ波を寄せてゐるのを目にした。

由布院

十月閉湯無客攀、山陰晴日鳥聲喧、衣香空賸兩三榻、別墅楓紅門自關、

爲方（しかた）がないので、こんな詩をつくつてその無聊（ぶれう）を慰めたりした。K君はその間を金鱗湖（きんりんこ）に行つて、一二ヶ所寫生（しやせい）をして來たりした。その話では、その小さな湖のほとりには湯がわき出してゐたり、何とかいふ小さなお宮があつたりして、ちよつと感じがわるくないといふことであつた。しかし私はたうとうそこに行かなかつた。で、おそく晝飯（ひるめし）を食つたりして、いろいろに相談して見たが、何にしてもこの寒いのに寝（ね）道具（だうぐ）が無くつては何（ど）うすることも出來ないので、五時に汽車で來る人を待合せて、一緒に別府に歸（かへ）ることに一決（けつ）した。

二九

由布院から由布岳の裾を掠めて、あの別府の鶴見園のところへと出て來る路は、何とも言へないほど好い景色のところだつた。私は午後の五時から七時までの間にそこを越した。大きな山脈に落ちて行く夕日の美しさ！　その山の色が深い紫に染つて次第に夕暮のとばりの中に沈んで行くその見事さ！

これが自動車でなかつたら――草鞋ばきか何かで歩いてゐたのなら、それこそ何んなに好いだらう。いかやうにも靜かにこの眺めを味はふことが出來るのだらう。こんなことを思ふほどそれほどその夕暮の山は私（わたくし）の心を惹いた。

そしてその間ををりをり杉の深い森がトンネルのやうに續（つゞ）いた。私達は五時の汽車でM(82)が來たのを停車場に迎へて、そのわけを話して、そしてすぐ出發（ぱつ）して來たのであつたが、それでもまだ半ばのぼり切らぬ中に、そのヘツド・ライトで自動車を照らさなければならなくなつた。

私達はじつとしてその赤く染められた夕暮の山に對（たい）した。

(82) M　小杉放菴記念日光美術館所蔵の小杉放菴の日記より、Mが水の江という人物であることがわかる。明治三十五年貴族院議員をつとめ、明治四十五年に日出生鉄道株式会社の初代社長となった水の江文二郎氏（一八六〇―一九二九）であろうか。

三〇

『夏なんか、こゝをよく通るんですが・・・・』

から言つていかにも老功らしい運轉手が話し出した。

『別に變つたこともありませんが、少しおそくなると、きつと狐が一疋や二疋は出てゐますよ』

『狐が・・・・』

私達が耳を其方へと寄せた。もはやあたりは暗くなつてゐた。由布岳のすぐ下のところで、裾がそこまで靡いて落ちてゐるのが、枯れた萱や薄が一面に生えてゐるのが、その中を道が一條長くつけられてあるのが、それとおぼろげながら見えてゐた。

『九時すぎになると、もう、きつと出てゐます……。始めは犬か何かと思つてゐたんですが、段々狐だといふことがわかつて來ました。太い尻ぽをしてゐますからな』

『それで、何うするんだね。いたずらでもするのかね？』

　私は訊いた。

『いや、いたづらも何もしやしませんがね。眞直に、何處までも何處までも遁げるのです。わき道に入らずに、眞直に眞直に遁げるのです。畜生め！

馬鹿な奴だと思つてゐましたが、動物なんてあゝいふもんださうです・・・・。わきにかはせば何でもないのに、その知慧（ちゑ）がないものと見えます。おそろしいものか何かに追かけられたやうな氣がしてゐるんでせうな！』

『フム、そいつは面白い』

『何處（どこ）までも何處までも遁げて行くんです・・・・。太い尻ぽを振り振り遁（に）げて行くんです・・・・』

『何町（なんちやう）ぐらゐ！』

『何町ぐらゐツて、半里（はんみち）でも一里（いちり）でも遁げて行きますよ』

『まつすぐに・・・・？』

『え、・・・・そして時々立留つて振返つて見ますがね。またせつせと走り出します・・・・』

『そして何うするね？』

『何うかして追附いてやらうと思つて、ヘビイをかけて見たこともありますが、奴こさん、そうなると、もうヘトヘトになつて、倒れるくらゐに勞れ切つてゐるんです・・・・。それでもわきに入りませんな。滑稽なもんですよ』

『それはさうだらうな。ヘッド・ライトで照されては、おそろしい怪物が來たぐらゐには思ふだらうからな。奴さん一生懸命なんだ・・・・』

『さうなんですな・・・・。兎に角滑稽なもんですよ。牛なんか、そこに行くと、やつぱり初めは眞直に逃げても、ぢきよこ道に入りますけども・・・・』

『それぢや、狐は捉らうと思へば捉れるね・・・・』

『え、もう少しひどく追かけりや捉れますとも‥‥』

『しかし面白いことがあるもんだな』かう言つて皆なは興じた。

運轉手は得意氣に、

『さう近くならない中は、ぢつと立留つて見てゐるのが滑稽ですよ‥‥。何しろこの山にはいろいろな野獸がゐますからな‥‥』

『他には何か出て來ませんか』

『兎はもうのべずに出て來ます。これもかなりに長い間眞直に逃げますけども、狐のやうなことはありません』

『さういふことでなく何か恐いものでも出て來たやうなことはないかね？』

私は問ひを新たにした。

『ありませんな、別に……』

運轉手は落附いた調子で言つて、頻りにその把手を廻した。

三一

この路は山の裾をぐるぐると廻つて行くやうなところだつた。杉の森などのあつたりするのは初めの中だけで、やがてはあたりは全く萱や薄の高原になり、その間をのぼつたり下つたりして、由布岳の登山口の前を掠め、それからずつと山脈を隔てゝ海の見える方へと出て行くのだつた。私の通つた時は夜だつたので、それとはつきり見ることは出來なかつたけれども、成ほどここは好い眺めであらうといふことはそれと點頭けた。第一、右に當つてかなりに高い山が深い谷を取巻くやうにして連つてゐるのが好かつた。その山脈の向うから靜かに碧い碧い海が覗かれてゐるに相違なかつた。

その高原をかなりに此方に來たところに、たしかに硫黄らしい湯があつて、そこに二三軒溫泉宿らしく灯のかゞやいてゐるのを眼にした。別府の近いことは次第にそれと飲み込めて來た。高崎山がそれと指さゝれるやうになつた時には、港の灯と海の灯とがチラチラとひとつになつて見えて、何とも言はれぬ美しいシインをあたりに展げた。『あの灯の一番多いところが埠頭だね……。それから此方が停車場だ……』私達はこんなことを話した。自動車は頻りに走つた。

三二

別府は私が昔知つてゐるよりも餘程都會化しただけそれだけ人氣がわるくなつてゐるといふやうな氣がした。埠頭から通じてゐる大通などは、四五年も來て見ないものを驚かせるに十分であつた。私が船から上がつた時には、丁度溫泉祭か何かで、町は小さな旗やら提灯やらで一杯に埋められてゐたが、その祭のある間だけ私達はあちこちを旅してゐたので、歸つて來た時には、もはやその祭は終つて、あたりはひつそりとしてゐた。何でもその祭は博多のドンタクの種類で、かなりに賑かであるといふことだつた。

都會化するといふことは結構なことだが、何うも半可通になつたり、新開地のやうな慌たゞしい空氣になつたりするといふことは、止むを得ないことであらうけれどもちよつと困る。田舎なら田舎で好い。それにはそれで面白さがある。たゞ新開地は困る。都會化するなら第一義的に都會化しなければ駄目である。

しかし溫泉場としては、これほど設備のとゝのつたところは日本にもたんとはあるまい。第一、湯の多量なのが好い。旅舍にある湯などは、きゝ目などはありさうにもないけれども、他にさういふ湯もさがせばないことはないのだから困りはしまい。

　私(わたくし)の考へでは、由布院の奥の方の段々開けて行くのも好(い)いが、それよりも大分から竹田を經(へ)て阿蘇に達し、そこからまた熊本に達する軌道(きだう)が完成し、有明の海をわたつて島原の温泉岳温泉(うんぜんがだけをんせん)に連絡するといふ形は、將來(しやうらい)一層別府を繁榮(はんえい)ならしめはしないか。尠(すくな)くとも九州の中央山脈の山岳地方を汽車が一刻も早く突破することが必要ではないかと思ふ。別府から汽車や汽船でわけなく阿蘇や温泉岳へ行けるやうになつたら、別府のためにもまたひとつ大きな遊覽地(いうらんち)が殖(ふ)へるわけになりはしないか。温泉岳(うんぜんがだけ)に來た外國人などにしても、わけなく別府までやつて來ることになりはしないか。その時の一刻も早くやつて來ることを私は望んでやまない。

別府附近は船から上つて來た時に、自動車でぐるりと一まはりした。別に變つたところもなかつた。たゞ鶴見園が出來たり、地獄が賑かになつたりしたのを見たばかりだつた。別府の溫泉では、眺望の好いのは何と言つても觀海寺であらう。あそこはかなりに好い。落附くにも落つける。たゞ旅舍にあまり好いのがない。もう少し好いのが出來ても好ささうなものだのに今だに出來ないのは、やはりあそこまで浴客が多く入つて行かないためであるといふことが感じられる。あの橋のあるあたりから、海を見た眺めなどは捨て難い。

地獄めぐりも初めて行つたものには一度は行つて見る必要があると思ふ。ちよつとあゝした噴氣孔は日本にもめづらしい。坊主地獄の湯氣の白く山の半腹に颺つてゐるのは別府での一偉観とするに足りる。血池地獄あたりもちよつと凄い。

丁度紅葉の盛りだつたので、山裾を綴つた林のところどころが紅く黄く染つてゐるのが美しかつた。櫨やうるしが多かつた。山畠がいくらか段階を成してゐるさまも私の心を惹いた。私は鐵輪あたりまで行つて引返した。

耶馬溪紀行　終

「耶馬溪紀行」の文中言葉注釈の写真

(1) 羅漢寺橋

(3) 帯岩

(8) 自性寺

(9) 福澤諭吉旧居

(10) 中津城跡

(13) 八面山

（17）競秀峰

（14）青の洞門

（20）古羅漢

（19）鮎返りの滝

（23）羅漢寺仁王門

（22）羅漢寺

（25）千体地蔵

（24）羅漢寺探勝道

（26）無漏窟（むろくつ）

（30）自然洞橋

（27）羅漢寺五百羅漢石仏

(34) 咸宜園

(32) 指月庵庭園

(37) 石造文殊菩薩坐像（禅海の墓）

(35) 洞鳴（どうめき）の滝

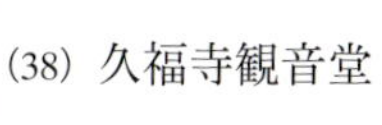

(38) 久福寺観音堂

(40) 馬渓橋

(39) 立留りの景

(43) 平田城址

(41) 西浄寺

(45) 五龍の瀧

(44) 平田駅プラットフォーム

(46) 雲華上人がいた正行寺

(47) 柿坂あたり

(50) 擲筆峰（てきひっぽう）

(51) 森町の町並み

(52) 伊福の景

(53) 後藤又兵衛の墓

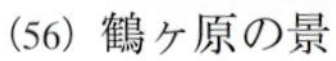

（56）鶴ヶ原の景

（54）立羽田の景

（62）小杉放庵「耶馬渓図巻」

（64）河童祭り「宮園楽」が
開催される雲八幡宮

（63）平田邸

（69）巻柿

（67）猿飛千壷峡

（72）深耶馬の鳶ノ巣山

（71）麗谷（うつくし谷）

（77）涌蓋山

（73）大岩扇山

(79) 旧久留島氏庭園

(78) 万年山

(81) 清水瀑園

(80) 清水御門

日本遺産ストーリー「やばけい遊覧―大地に描いた山水絵巻の道をゆく」

（平成29年４月28日認定されたストーリー全文を掲載）

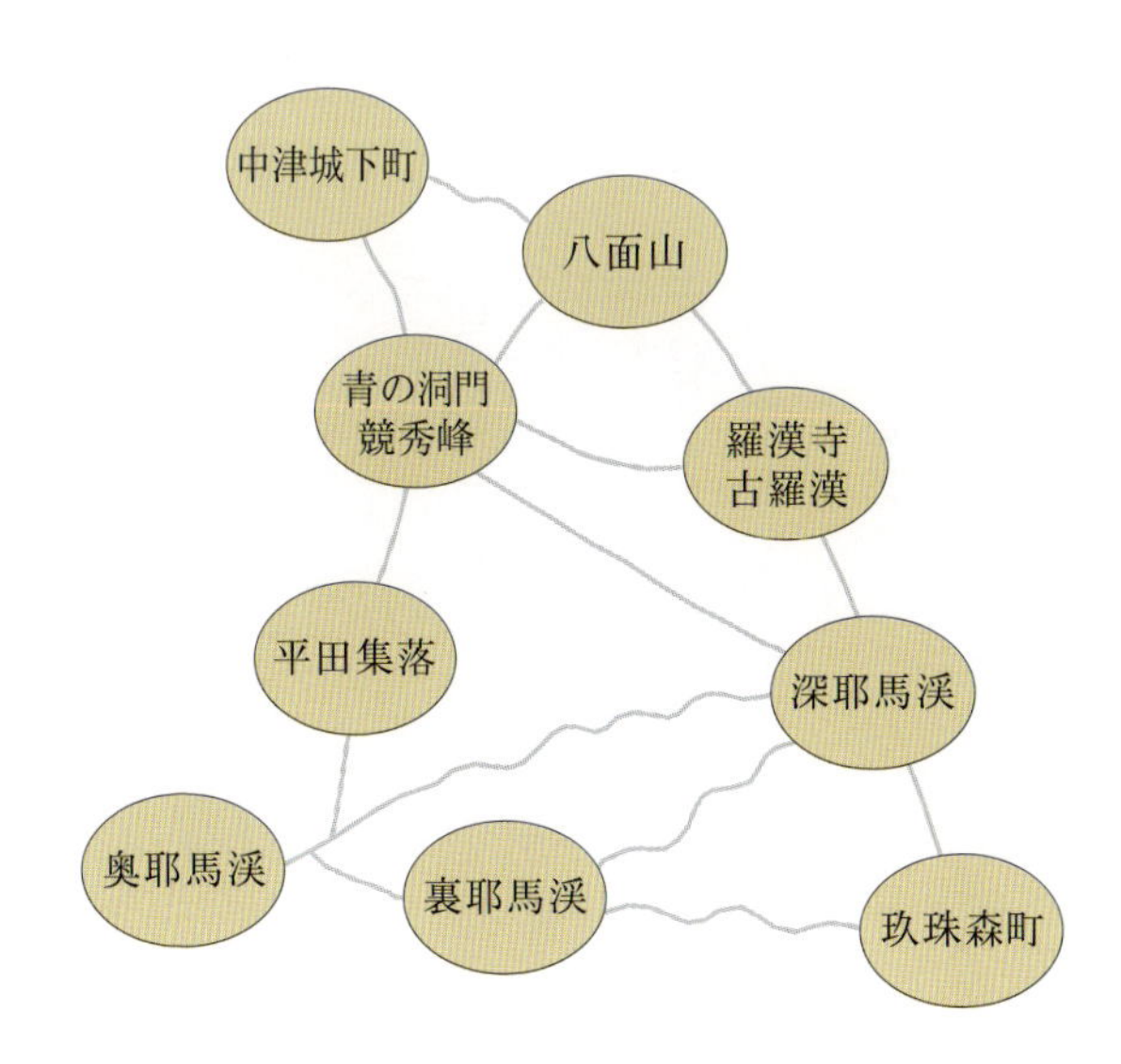

五百羅漢が安置された岩窟

八面山にある雨乞い伝説の巨石

耶馬渓とは、山国川が溶岩台地を深く浸食してつくりだした奇岩の渓谷で、中津・玖珠の二つの城下町に挟まれています。南北三十二km東西三十六kmの敷地に、断崖、岩窟、渓流が大パノラマをつくり、その深く神秘な地形は伝説と祈りの場所となりました。人々が時をかけ岩を削り想いを描き、一本の絵巻のようにまとめあげた「耶馬渓」の遊覧の旅に出かけましょう。

【巨石伝説の山──八面山】

海辺の城下町中津を出発しまず目に入るテーブル状の山は、耶馬渓の入口、様々な伝説を持つ巨石が群をなす霊峰「八面山」です。修験の滝や奇岩を巡り頂に登れば、北は中津平野と周防灘、南は耶馬渓〜玖珠の山々まで、広々とした眺望が開けます。約千年前の平安時代より、八面山を中心に、古代仏教文化が花開き、人々は周辺の岩屋に仏を安置していきました。

【絶壁をつたい仏に会う──羅漢寺・古羅漢】

八面山から望む岩山を目指し、参道の細く長い石畳の先に岩窟の寺院「羅漢寺」があります。羅漢寺と、対岸に盛り上がるごつごつとした峰「古羅漢」の探勝道では、人々は二千体の石仏を彫り、仏の教えを伝える意味をもたせて配しました。天然の石橋や岩窟、岩肌に巡らせた鎖をつたい登れば、約六百五十

諭吉が守った景観

一目八景の奇峰

年前の室町時代に彫られた日本最古の五百羅漢石仏が迎えてくれます。山腹に中津藩主が築いた「指月庵」庭園は、文人画人達が眺望を愛でつつ酒を酌み交わし創作をする場でもありました。

【岩窓にさす光、断崖からの眺望―青の洞門・競秀峰】

羅漢寺から下った山国川沿いには、屏風を立て並べたように折れ重なる巨大な岸壁「競秀峰」が現れます。この岩壁沿いの道から川に落ち命をなくす人々を救うため、約二百年前の江戸時代、「禅海和尚」は三十年かけてトンネル「青の洞門」を掘りました。岩窓からさす光に照らされた無数のノミ跡から和尚の熱い想いが伝わる洞門の暗がりを抜けると、競秀峰の尾根道から見渡す眼下に断崖と渓流が織りなす絶景が広がります。ここは「福澤諭吉」が土地を買い開発から守った景勝地です。

【岩峰せまる神秘の谷―深耶馬渓】

川沿いの青の洞門を発ち玖珠へ向けて奥深く分け入ると、岩峰が覆いかぶさるように迫る渓谷に入ります。ここは約百二十年前の明治時代、中津出身で玖珠郡長の「村上田長」が困難を乗り越え中津と玖珠をつなぐ道路を開鑿して姿を現した秘境「深耶馬渓」です。切り立った奇峰に八方ぐるりと囲まれる「一

庭園から望む大岩扇山

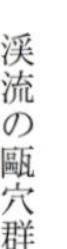
渓流の甌穴群

目八景(めはっけい)」、いくつもの一枚岩の滝が連続し薄暗い谷底から見上げる細い空に岩峰がそびえる「麗谷(うつくしだに)」や「大谷渓谷(おおたにけいこく)」の神秘的な空間は「天下(てんか)の勝地(しょうち)」と呼ばれ新しい観光地となりました。

【テーブルマウンテンに囲まれた町――玖珠の森城下町】

細くほの暗い深耶馬渓を抜け視界が突然開ける櫛歯(くしば)状の断崖「大岩扇山(おおがんせんざん)」が出迎え、日本一小さな城下町とよばれる「角埋山(つのむれさん)」麓の森城下町に辿りつきます。明治時代の大火を乗り越え百年前耶馬渓観光の出入口として再興した城下町の中心は、城の構えを持つ神社に、巨石を大胆に展開する藩主の庭園。奇峰の谷から一転「伐株山(きりかぶさん)」をはじめとしたテーブル状の山並みに包まれると巨大な箱庭に迷い込んだ心地がします。

【石柱が天を突く河童(かっぱ)の隠れ里――裏耶馬渓(うらやばけい)・奥耶馬渓(おくやばけい)】

森城下町から西に回遊すると、にょきにょきと伸びる石柱群の裾に集落が寄り添う「裏耶馬渓」に到着し、さらに西へ山国川を遡った先の源流の地「奥耶馬渓」では、石が何万年もの時をかけ川底に穴をあけた甌穴群(おうけつぐん)の水辺が続きます。川の音しか聞こえない自然の中の温泉と暖かなすっぽん料理が旅人を癒し、奥深い谷や岩窟は落人(おちうど)伝説を生み、あちこちの谷で平家の落人が子河童となり

河童祭り（追いつめられる子河童）

三階建てに改造した平田邸

登場する河童祭りが伝えられています。のどかな楽の音にのり飛び跳ね、いたずらをしてはカラフルな大団扇(おおうちわ)で追い詰められる子河童たちが住む里です。

【馬渓翁(ばけいおう)の町――平田集落】

こうした耶馬渓の歴史・文化を熟知し耶馬渓に尽した「平田吉胤(よしたね)」は、大正時代、平田集落に駅や郵便局を建て石橋をかけ水路を引き寺社を復興し耶馬渓の中心集落として作り上げました。「馬渓翁(ばけいおう)」と称された吉胤は、町づくりの仕上げに二階建ての自宅に三階をのせ景観を見せる場としました。耶馬渓の迎賓館でもあった三階の間の窓は広々と三方に開かれ、窓越しに見る平田氏のものだった山々は座敷の障壁画のようです。

【一つになった耶馬渓】

古来より文人画人を惹きつけ、あまたの絵が、詩が、文学が生まれた渓谷で、奇岩奇峰に包まれ暮らす人々は、岩から仏、寺院、石橋、庭園……と優れた作品を生み出し、大地に配していきました。トンネルを掘り、道を開き、観光列車「耶馬渓鉄道」をひき、探勝道を巡らせ、日本一の長さを競う石のアーチ橋を次々と架けることでそれぞれの作品を回遊路で一つにつなぎ、自由に廻れるようにした大正時代の終わり、ついに天下無二(てんかむに)の芸術作品「耶馬渓」が完成し

豊後森駅の旧機関庫

耶馬渓の大パノラマを望む

ました。中津駅周辺には料亭が建ち並び、翌朝から耶馬渓へ発つ観光客は鱧料理をはじめとした豊前海の魚に舌鼓を打ち、霊泉（温泉）巡りツアーも開催されました。平家の落人が伝えた蕎麦は耶馬渓名物となり、渓谷の茶屋では蕎麦をゆでる湯気が立ち上るようになりました。さらに、昭和初期の豊後森駅開業で新たな耶馬渓の玄関口ができ、玖珠町側からも回遊できるようになりました。

　このように耶馬渓には百年前の大正時代の観光客が楽しんだ山水画のような景観、温泉、無数の探勝道がちりばめられています。文人画人が舌鼓を打った川魚や猪鹿料理、巻柿や羅漢寺土産だった栗饅頭を楽しみながら、中津から玖珠へ、玖珠から中津へ。自動車・自転車・自らの足で、大地に描かれた山水絵巻に入り込み、空から谷底から、回遊路を巡りまた次の探勝道へ。時をかけ季節をかえて、次々と場面が展開する耶馬渓遊覧の旅をお楽しみください。

「耶馬溪紀行」を楽しむために訪れたい施設

田山花袋記念文学館

館林出身の作家・田山花袋の顕彰を目的に、昭和62年（1987）4月館林城本丸跡に開館。花袋の書簡や原稿、愛用品などを収蔵･展示し、故郷との関わりや文学的足跡、人柄など、花袋を様々な角度から紹介。周辺には、花袋が7歳から14歳まで暮らした「田山花袋旧居」や、子供の頃に遊んだ城沼、尾曳稲荷神社などもある。

〒374-0018　群馬県館林市城町1-3
TEL：0276-74-5100
休館日：月曜日（祝日の翌日）年末年始　臨時休館日

小杉放菴記念日光美術館

1997年10月に開館した、栃木県日光市立の美術館。「自然へのいつくしみ」を基本テーマに、日光出身の画家・小杉放菴（未醒）（1881～1964）や周辺作家をはじめ、日光市ゆかりの美術・文化を紹介している。

〒321-1431　栃木県日光市山内2388-3　TEL：0288-50-1200
休館日：毎週月曜日（祝日の翌日）

村上医家史料館

中津城下町に位置し、中津藩医「村上家」の屋敷をそのまま史料館としており、貴重な医学資料が展示されている。中津玖珠間の道をつくった村上田長（1839～1906）は村上家九代目。建物は日本遺産構成文化財である。当時の資料が展示されている。

〒871-0049 大分県中津市1780番地（諸町）TEL：0979-23-5120
休館日：毎週火曜日（祝日の翌日）年末年始（12月28日～1月3日）

福澤記念館

福澤旧居に隣接する展示館。福澤諭吉関係資料のほか、競秀峰を開発から守るために諭吉が土地を買い上げたことを示す土地台帳（日本遺産構成文化財）が記念館に展示されている。中津城に近接。

〒871-0088 大分県中津市586（留守居町）TEL：0979-25-0063
休館日：12月31日

自性寺大雅堂

日本を代表する画家であり書家である池大雅（1723～1776）は自性寺に滞在し、多くの書画を残した。本書冒頭で、K君こと小杉放菴（未醒）たちがこの書画を見るために自性寺を訪れたことが記されている。大雅堂では池大雅の作品他貴重な書画を保存し展示公開している。

〒871-0048 大分県中津市新魚町1903
TEL：0979-22-4317　休館日：年中無休

耶馬溪風物館

「青の洞門」「羅漢寺」に近く、耶馬渓の歴史を語る上で欠かせない貴重な資料が展示されている。日本遺産「やばけい遊覧」ストーリーの情報発信拠点でもある。隣接してレストランやカフェがある。

〒871-0202　大分県中津市本耶馬渓町曽木2193-1　TEL：0979-52-2002
休館日：毎週木曜日（祝祭の場合は翌日）と12月29日～1月3日

久留島武彦記念館

「日本のアンデルセン」と呼ばれ、日本の近代児童文化の基盤をつくりあげたパイオニア久留島武彦（くるしまたけひこ）（1874〜1960）の功績を紹介する記念館。武彦は藩主久留島氏の藩邸で生まれた。村上田長の息子「村上巧兒」（西鉄創始者）とは竹馬の友で、ともに耶馬渓のために奮闘した。国名勝「旧久留島氏庭園」に近接。

〒879-4404　大分県玖珠郡玖珠町大字森855番地
TEL：0973-73-9200　休館日：月曜日（祝祭日の場合は翌日）と年末年始（12月28日〜1月4日）

史跡 咸宜園（咸宜園教育センター）

咸宜園は文化14年（1817）、漢詩人・儒学者であった廣瀬淡窓が天領日田の地に創設した私塾（学問塾）で、近世日本最大規模の私塾となった。隣接する咸宜園教育研究センターには展示や映像、体験メニュー等がある。

〒877-0012　大分県日田市淡窓2-2-18　ＴＥＬ：0973-22-0268
咸宜園跡（国史跡）　休園日　年末年始
咸宜園教育研究センター　休館日　水曜（祝日の翌日）・年末年始

あとがき

田山花袋

田山花袋（たやまかたい）（一八七一〜一九三〇）は群馬県館林市出身。「蒲団」「田舎教師」などの作品で知られる、自然主義派の代表的な作家の一人です。紀行文も優れ、全国をめぐり多くの作品を残しました。耶馬渓には三度訪れており、昭和二年（一九二七）刊行の「耶馬渓紀行」は大正十五年、花袋最後の耶馬渓の旅を綴ったものです。

小杉未醒（こすぎみせい）（放庵・放菴／一八八一〜一九六四）は、明治、大正、昭和期の洋画家、日本画家で東京大学安田講堂の壁画や都市対抗野球大会優勝旗の黒獅子旗のデザインなどで知られています。日本各地を訪れ風景画の作品を多数残しています。耶馬渓には六度訪れており、「K君」の名で登場する「耶馬渓紀行」の旅は彼にとって三度目の耶馬渓でした。

大正五年（一九一六）、実業之日本社主催による日本新三景の全国投票が行われ、耶馬渓はその一つに選定されました。また、大正八年の「史蹟名勝天然紀念物保存法」制定により、耶馬渓は大正十二年に国指定名勝の指定を受けました。花袋と未醒の旅は、その二年半後の大正十五年秋に、中津からスタートし、自動車で耶馬渓の名所をめぐりながら玖珠を目指します。

翌昭和二年、大阪毎日新聞と東京日日新聞主催「日本新八景および日本百景」選定では、二人はその選定委員でもありました。耶馬渓は新八景は逃しましたが、日本百景の選定をうけています。鉄道の発達で旅行がブームとなった大正～昭和のはじめ、耶馬渓には多くの観光客が訪れ、全国の奇岩の景勝地に耶馬渓にちなんだ名がつけられていきました。田山花袋の出身地である群馬県で今も広く親しまれている「上毛かるた」の「や」の読み札が「耶馬渓しのぐ吾妻（あがつま）峡」となっているのもそのなごりです。

　このような時代背景を念頭に本書を読むと、登場人物たちの動きが実に興味深く感じられます。花袋は耶馬渓を手放しで褒めるわけではありません。若干辛口な言葉をちらつかせながらも、やがて山水画の世界に吸い込まれ、耶馬渓独特の面白さをつかんでいきます。未醒は奥深く探検し、これまで誰も絵に残してこなかった風景を次々と描きとめていきます。

　文中には、耶馬渓を愛し、耶馬渓の魅力を広めたいと願う人物たちが登場します。画家、政治家、鉄道会社の職員、学者……地元の有力者たちは手分けして二人を名所にご案内しもてなします。中でも特筆すべきは「H氏」、現在の耶馬溪町平田地区の「平田（ひらた）吉胤（よしたね）」氏です。吉胤は県会議員、貴族院議員を歴任し、耶馬溪鉄道株式会社の社長もつとめた人物です。名勝指定の調査で耶馬渓入りした国府（こくぶ）犀東（さいとう）のサポートもしました。大正十二年三月、耶馬渓が国名勝に指定されるとなると、自宅を三階建てに改造します。三階の広間は三方が大きく開放され、名勝に指定されたばかりの景観を楽しむ視点場となり、多くの文化人たちが訪れました。吉胤は漢籍を学び、地元の歴史や伝説等に詳しく、花袋たちの旅の前半の案内役となっています。

「耶馬溪紀行」の一節に、印象的なシーンがあります。吉胤は自宅の裏山（平田城址）に花袋一行を招き周囲を指し示しながらこう言います。

吉田初三郎「天下無二　耶馬全溪の交通圖繪」（大正15年）

「好いでせう？　やつぱり耶馬渓もかういふ眺望台を澤山に開くやうにせにゃ、本當のことはわからんけに」

まさに「景観を楽しむための視点場の必要性」を説くシーンであり、私たちは今こそその必要性を痛感しています。

昭和二年に刊行された「耶馬溪紀行」には奥付に「特製」の文字があるものと「特製」の文字がないものが確認されています。「特製」の発行所は「実業之日本社」だけでなく、別府観光の父「油屋熊八（あぶらやくまはち）」が経営する別府亀の井ホテル内の「田山花袋小杉未醒合著発行会」名が併記されており、紀行文は当時の観光戦略の一つでもあったことがわかります。未醒のスケッチ、花袋の漢詩を添えた掛け軸の写真、そして渓流の音が確かに聞こえてくる文章は、耶馬渓の魅力を活き活きと伝え、旅心を掻き立てるのです。美しい情景描写の中で、アクティブに動く人物たちと今の私たちを重ねてみるのも「耶馬溪紀行」のもう一つの楽しみ方だと思います。

本書で花袋は耶馬渓の魅力をこう表現しています。

「～渓流が處々に山村を點綴（てんてい）して、白亜の土蔵あり、田舎離落あり、時にはトンネル、時には渓橋、時には飛瀑、時には奇岩といふ風に、行くまゝに、進むまゝにさながら文人画の絵巻でも繙くやうに、次第にあらはれて来るさまは優に天下の名山水の一つとして数ふるに足りはしないか。」

花袋は自身が耶馬渓という山水画の中に入り込み、点描された人物となる感覚を味わっていたのではないでしょうか。

玖珠町の三島公園には、花袋の歌碑がたっています。

「もり谷の奥に滝ありもみちあり　いさゆき見ませわれしるへせん」

中津から玖珠へ、玖珠から中津へ。二人の足跡を道しるべに、彼らが胸うたれた風景がそのまま残る耶馬渓遊覧の旅をどうぞお楽しみください。中津市・玖珠町には、彼らが訪れることができなかった魅力的な場所がまだまだあります。ぜひあなた自身の耶馬渓紀行を心に綴っていただけたらと願います。

文責　高崎章子（中津市教育委員会）

田山花袋の歌碑

田山花袋（耶馬渓にて）
［写真提供：田山花袋記念文学館］

小杉未醒
[写真提供：小杉放菴記念日光美術館]

中津市
玖珠町
中津城
福澤諭吉旧居・記念館
自性寺
村上医家史料館
なかつ
日豊本線
正行寺
薦神社
上毛PA
国道10号
中津I.C
東九州自動車道
耶馬渓橋
八面山
羅漢寺橋
青の洞門・競秀峰
久福寺
耶馬渓風物館
落合の滝
平田集落
羅漢寺・古羅漢
馬溪橋
柿坂
耶馬溪サイクリングターミナル
猿飛千壺峡・魔林峡
宇佐市
中津市
伊福の景
深耶馬渓
日田市
麗谷・一目八景
国道212号
裏耶馬渓
大谷渓谷
鶴ヶ原
立羽田の景
清水瀑園
谷河内の景
角牟礼城址
旧久留島氏庭園
久留島武彦記念館
玖珠町
森城下町
大分自動車道
玖珠I.C
ぶんごもり
大岩扇山
久大本線
旧豊後森機関庫
三日月の滝
伐株山
慈恩の滝
万年山

【参考・引用文献】
「小杉放菴と近代文学―独歩・花袋との親交―」（田山花袋記念文学館　一九九九）
『耶馬溪紀行』の口絵について―口絵の校異と花袋晩年の和歌・漢詩―」
（『田山花袋記念文学館研究紀要　第二十九号』二〇一六）
「消えた耶馬の鉄道」（耶馬溪鉄道史刊行会　一九八五）
「名勝耶馬渓保存管理計画報告書」（大分県教育委員会　二〇一一）
「名勝地保護関係資料集」平澤毅 著（独立行政法人国立文化財機構奈良文化財研究所　二〇一五）
「美しき九州『大正広重』吉田初三郎の世界」益田啓一郎 編（海鳥社　二〇〇九）
「もう一つの明治の青春　西萩花遺稿集」小林一郎 著（教育出版センター　一九九二）

【協力者・協力機関】（順不同・敬称略）
阿部弥生（田山花袋記念文学館）、迫内祐司（小杉放菴記念日光美術館）、平田サツキ、平田正敏、玉麻秀一、池田幹男
田山花袋記念文学館、小杉放菴記念日光美術館、咸宜園教育センター

【企画・編集】
中津玖珠日本遺産推進協議会、高崎章子（中津市教育委員会）

【制作】
図書出版のぶ工房

中津玖珠日本遺産推進協議会 復刻発行 増補改訂版
［實業之日本社―初版／昭和二年發行］

耶馬溪紀行

ISBN978―4―901346―62―7

平成三十年（二〇一八）三月二十六日 初版第一刷発行

著 者 田山花袋
小杉未醒

発行所 中津玖珠日本遺産推進協議会
〒八七一―八五〇一 大分県中津市豊田町十四番地三
電話（〇九七九）二二―一一一一 ＦＡＸ（〇九七九）二二―一四九二

発行人 遠藤順子

発 行 図書出版のぶ工房
〒八一〇―〇〇三三 福岡県福岡市中央区小笹一丁目十五―十―三〇一
電話（〇九二）五三一―六三五三 ＦＡＸ（〇九二）五二四―一六六六

印刷・製本 モリモト印刷株式会社